文春文庫

秋山久蔵御用控

帰り花

藤井邦夫

文藝春秋

目次

「秋山久蔵御用控」江戸略地図

実際の縮尺とは異なります

日本橋を南に渡り、日本橋通りを進むと京橋に出る。京橋は八丁堀に架かっており、尚も南に新両替町、銀座町と進み、四丁目の角を右手に曲がると外堀の数寄屋河岸に出る。そこに架かっているのが数寄屋橋御門であり、渡ると南町奉行所があった。南町奉行所には〝剃刀久蔵〟と呼ばれ、悪人を震え上がらせる一人の与力がいた……

秋山久蔵御用控・登場人物

秋山久蔵（あきやまきゅうぞう）
南町奉行所吟味方与力。〝剃刀久蔵〟と称され、悪人たちに恐れられている。何者にも媚びへつらわず、自分のやり方で正義を貫く。「町奉行所の役人は、お奉行の為に働いてるんじゃあねえ、江戸八百八町で真面目に暮らしてる庶民の為に働いているんだ。違うかい」（久蔵の言葉）。心形刀流の使い手。普段は温和な人物だが、悪党に対しては、情け無用の冷酷さを秘めている。

弥平次（やへいじ）
柳橋の弥平次。秋山久蔵から手札を貰う岡っ引。柳橋の船宿『笹舟』の主人でもある。〝柳橋の親分〟と呼ばれる。若い頃は、江戸の裏社会に通じた遊び人。

神崎和馬（かんざきかずま）
南町奉行所定町廻り同心。秋山久蔵の部下。二十歳過ぎの若者。

蛭子市兵衛（えびすいちべえ）
南町奉行所臨時廻り同心。久蔵からその探索能力を高く評価されている人物。妻が下男と逃げてから他人との接触を出来るだけ断っている。凧作りの名人で凧職人として生きていけるほどの腕前。

香織（かおり）
久蔵の亡き妻・雪乃の腹違いの妹。

与平、お福（よへい、おふく）
親の代からの秋山家の奉公人。

幸吉（こうきち）
弥平次の下っ引。

長八、寅吉、直助、雲海坊（ちょうはち、とらきち、なおすけ、うんかいぼう）

夜鳴蕎麦屋の長八、鋳掛屋の寅吉、飴売りの直助、托鉢坊主の雲海坊。弥平次の手先として働くものたち。

伝八（でんぱち）

船頭。『笹舟』一番の手練。

おまき

弥平次の女房。『笹舟』の女将。

秋山久蔵御用控

帰り花

第一話

暗闘

一

如月《きさらぎ》――二月。

梅の花が咲き乱れ、初午《はつうま》の日が近づいていた。

初午は、二月に入って最初の午の日に行われる稲荷神社の祭りである。稲荷神社は幟《のぼり》や地口行燈《あんどん》を飾り、太鼓を打ち鳴らす。江戸の稲荷神社でもっとも名高いのが王子稲荷であり、絵馬を奉納する多くの参詣客が訪れ、音無川沿いの料理屋は賑わいをみせる。

煙るような霧雨は、三味線堀の水面に小波《さざなみ》を立て、揺らしていた。

着流しの武士が、三味線堀の船着場に番傘を差して佇《たたず》んでいた。南町奉行所与力の秋山久蔵《あきやまきゅうぞう》だった。

ここで人を待つのは、十五年振りか……。

雪乃《ゆきの》の哀しげな顔が、白い霧雨の幕に浮かんで消えた。

その時、傍《かたわ》らの笠井藩上屋敷の裏門が開き、若い娘が風呂敷包み一つを抱え、傘も差さずに出て来た。

若い娘は、門番が扉を音を立てて閉めても、俯《うつむ》いたまま冷たい霧雨に濡れていた。濡れるにまかせた顔には、哀しさと悔しさが滲み出ていた。

久蔵は十五年前、いきなり目の前に飛び出してきた五歳の女の子の顔を思い出した。

哀しさと悔しさに溢れた顔は、変わらねえやな……。

久蔵は背後から傘を差しかけた。

若い娘は、驚いたように振り返り、素早く身構えた。

「俺だぜ、香織《かおり》。秋山久蔵だよ……」

香織と呼ばれた若い娘の濡れた顔が、瞬時に輝いた。

「あ、義兄上《あにうえ》さま……」

「迎えに来たぜ」

「どうして……」

久蔵がどうしてここにいるのか、香織には分からなかった。

「香織、お前の義理の兄貴は、南町の与力だ。抜かりはねえさ。さ、早く乗りな」

久蔵は、船着場に繋《つな》がれている屋根船を示した。船頭の伝八《でんぱち》が、人の善い笑顔で会釈《えしゃく》をした。伝八は、岡っ引の弥平次《やへいじ》が営む柳橋の船宿『笹舟』の船頭で、久蔵とも知った仲だった。

伝八の操る屋根船は、久蔵と香織を乗せて三味線堀を離れた。

屋根船は、松平下総守《しもうさのかみ》の下屋敷の角を曲がり、鳥越橋《とりごえ》を潜って浅草御蔵《おくら》脇から隅田川に出た。そして、冷たい霧雨の舞う中を下り始めた。

香織は、霧雨の舞う川面《かわも》を黙って眺めている。その横顔に、雪乃の面影があった。

雪乃は、笠井藩の江戸詰め藩士北島兵部《きたじまひょうぶ》の娘であり、久蔵の妻だった。

二人が恋仲になって祝言《しゅうげん》をあげたのは、久蔵が二十三歳、雪乃が二十歳の時だった。そして久蔵は、祝言の席で五歳だった小さな香織に初めて逢った。

「香織も花嫁さんになるんだ」

香織は久蔵に対し、半泣きで悔しそうに叫んだ。雪乃と香織は、年の離れた姉妹だった。

雪乃の母は早く亡くなり、香織は継母《ままはは》の産んだ子供だった。雪乃は継母とも仲良く暮らし、年の離れた腹違いの妹香織を可愛がった。

香織は、大好きな姉雪乃との別離を哀しみ、悔しがったという。

いずれにしろ久蔵は、香織と云う義理の妹を持った。そして七年が過ぎ、雪乃は急な病で呆気《あっけ》なく死んだ。

以来、久蔵は北島家と疎遠になり、香織と逢う事もなかった。久蔵が北島家と疎遠になったのは、雪乃を思い出すのが辛かったからかもしれない。

「義父上《ちちうえ》、何か残さなかったかい」

「別に何も……」

「そうか……」

亡妻雪乃と香織の父親である北島兵部は、山谷《さんや》堀に架かる小橋で刀も抜かず、何者かに斬られて死んだ。三日前の夜の出来事だった。

北島の遺体は、駆けつけた笠井藩の藩士たちに素早く引き取られた。笠井藩はすべてを隠密裏に始末しようとした。だが、それを見ていた者がいた。山谷堀沿いの道は、日本堤《にほんづつみ》と云われ、吉原に続いている。目撃者は、その吉原帰りの鳶《とび》の若者たちだった。

笠井藩の江戸詰め藩士が、辻斬りに斬られて殺された……。

噂は遮る間もなく広がった。

その頃、山谷堀一帯には、正体不明の辻斬りが出没していた。北島兵部が、辻斬りに殺されたと噂されるのに不思議はなかった。

久蔵は、岳父の無残な死を弥平次から報された。


笠井藩は、北島兵部を恥じた。

武士でありながら、刀を抜き合わせもせず斬られて死んだ北島を恥じた。笠井藩江戸家老と留守居役たち重職は、僅かな時の評定《ひょうじょう》で北島家を廃絶にした。

北島家には男の子はいず、香織の母親も既に亡くなっており、残された者は香織だけだった。それは、藩重職たちに北島家取り潰しを容易にさせた。

天涯孤独の身となった香織は、両親の位牌を抱き、暮らしていた笠井藩江戸上屋敷を出た。

岡っ引の弥平次は、笠井藩の中間《ちゅうげん》足軽に手を廻して藩内の情報を集め、久蔵に報告した。

情報の中には、当然の如く北島家の始末と香織の処遇が含まれていた。

屋根船は隅田川を下り、両国橋を過ぎた。

「これからどうする」

江戸に北島家の親類はいない。国元にいるにしても、江戸詰めの家に生まれた香織には、逢った事もない疎遠な親類でしかない。

「まだ、何も決めておりません」

「だろうな。ま、俺の処で良く考えるがいい」

「かたじけのうございます」

「ふん。他人行儀は良くねえよ。何て云っても大好きな姉さんの嫁ぎ先だ。遠慮は無用だ」

「義兄上さま……」

「義理とは言え、お前は俺の妹よ……」

伝八の操る屋根船は、新大橋を潜って右手に進み、箱崎から日本橋川に抜けて遡り、亀島川に入り、亀島橋傍の船着場に着いた。

「旦那……」

「おう、御苦労だったな」

久蔵は伝八に心付けを渡し、香織を連れて屋根船を降り、傘を差しかけた。

香織は身を縮めるようにして傘に入り、久蔵と並んで歩いた。

町奉行所与力たちの組屋敷が並ぶ八丁堀岡崎町は、霧雨に濡れていた。そして、霧雨の向こうに秋山屋敷の冠木門《かぶき》が見えてきた。


与平《よへい》とお福《ふく》の老下男夫婦は、香織を歓待した。

秋山家の奉公人は、父親の代からいる与平とお福夫婦しかいない。久蔵は別に不都合も感じず、家事全般を与平とお福夫婦に任せ、他に奉公人を置こうとはしなかった。与平とお福は、秋山家に忠義を尽くし、子供の時から世話をしてきた久蔵の為には、命を棄てる覚悟をしていた。

「お嬢さま……」

「この度は何と申してよいのか……おいたわしい……」

与平とお福は涙ぐみ、香織を抱きかかえんばかりに奥の間に案内した。

奥の間は、生前の雪乃が使っていた部屋であった。部屋には、雪乃の鏡台や簞笥、着物がそっくりそのまま残されていた。

「お姉さま……」

「はい。旦那さまがそのままにして置けと仰《おつしや》られまして……」

雪乃が亡くなり、既に八年が過ぎている。

久蔵は後添《のちぞ》いも貰わず、雪乃の使っていた品物を大切に残してあった。

義兄は死んだ姉を愛し続けている……。

香織の胸に熱い感激が湧いた。

「お嬢さまがお使い下されば、亡くなられた奥さまもお喜びになられるだろうと、旦那さまが……」

香織の熱い感激は、涙となって溢《あふ》れ、零《こぼ》れた。

父・北島兵部の遺体が、運ばれて来た夜以来の涙だった。

香織は泣いた。

義兄の久蔵、下男の与平お福夫婦の優しさに泣かずにいられなかった。香織はお福のふくよかな身体に縋《すが》り、子供のように声をあげて泣いた。

お福と与平が貰い泣きをし、やはり声をあげて鼻水を啜《すす》った。

酒はゆっくりと身体に滲み込んだ。

「これで、いいんだろう……」

久蔵は雪乃の位牌に囁《ささや》き、茶碗酒を飲み干した。

香織と与平お福夫婦の泣き声が、誰に憚《はばか》ることもなく盛大に溢れていた。身体に滲み込んだ酒が、ほっとした温かさを広げていった。

翌朝、久蔵が眼を覚ました時、雪乃が現れて髪結いの訪れを告げた。

雪乃……。

一瞬の錯覚だった。

死んだ雪乃だと思った女は、雪乃の残した着物を着た香織だった。雪乃と香織は、腹違いの姉妹であり、それほど似ているとはいえない。だが、何気ない仕草《しぐさ》や表情が、姉妹の証拠であるかのように雪乃に似ていた。

南町奉行所は外堀数寄屋橋御門内にある。

久蔵が出仕した時、岡っ引の弥平次が待っていた。

岡っ引の弥平次は、柳橋の船宿『笹舟』の女将《おかみ》おまきに惚れられ、入り婿となった。

『笹舟』の一人娘のおまきは、嫁に行く気もなくいかず後家となっていた。そして十年前、おまきが三十五歳の時、四十歳で独り身だった弥平次を婿に迎えた。

以来、弥平次は〝柳橋の親分〟と呼ばれている。

久蔵は、弥平次の歳相応の落ち着きと思慮深さ、そして歳不相応な熱血漢振りを好み、信用していた。

「お嬢さまは……」

「お蔭さんで少しは落ち着いたようだ」

「そいつは良かった。与平さんとお福さん、奥方さまに良くして貰っていましたから、御恩返しに精一杯尽くされるでしょう」

「まあな。で、どんな具合だい……」

「はい。今までに日本堤で起こった辻斬りは三件。殺されたのはいずれも町人で、揃って後ろからの袈裟懸《けさが》けの一太刀を浴び、心の臓に止めを刺されています」

「北島の親父さんと一緒か……」

「じゃあやはり……」

「同じ奴の仕業に間違いねえだろう……」

「秋山さま、北島さまは剣術の方、如何《いかが》だったんですか」

「一応、笠井藩の目付だ。達人名人とは云えねえが、侍としての心得に不足はねえ」

「となると、辻斬りはかなりの使い手……」

「しかし、何分にも歳だからな……」

辻斬りは、三人の町人と北島兵部のいずれも袈裟懸けの一太刀で倒し、御丁寧に止めを刺していた。

武士は北島兵部、只一人……。

久蔵はそれが気になった。

「幸吉《こうきち》たちが、事件のあった夜の山谷堀界隈の様子を調べていますが、今のところ、これと云って気になることは……」

「ねえかい……」

「はい」

隅田川から続く山谷堀は、浅草今戸町《いまどちょう》の手前から田畑地の間と吉原の前を抜け、根岸や日暮里を経て王子に到っている。

下っ引の幸吉と手先の者たちが、弥平次の指示を受けて探索を開始していた。

「それで秋山さま。北島さまは何しに日本堤にいらっしゃったのか、お嬢さまは御存知でしたか」

「そいつなんだが、今夜にでも聞いてみるさ」

北島兵部は、藩の用で出掛けていない。つまり、公用ではなく、私用で日本堤に行ったのだ。

藩の心無い者たちは、年甲斐もなく吉原に行く途中だったと囁き、陰で笑った。囁きは当然、香織の耳にも届いていた。久蔵はそれを気遣っていた。

「じゃあ秋山さま、引き続き聞き込みを続けてみますよ」

「ああ、頼んだぜ……」

弥平次が帰ってから、定町廻り同心の神崎和馬《かんざきかずま》が久蔵の元に現れた。神崎和馬は、長い脛《すね》を持て余すように座った。青臭い匂いが、微かに漂った。

「おかしな奴はいたかい」

「はい。一人……」

「誰だい」

「それが、若殿の大久保京之介《おおくぼきようのすけ》さま……」

和馬は久蔵の命を受け、笠井藩江戸屋敷の内情を密かに調べ始めていた。町奉行所には、諸藩とその藩士を調べる権利はない。だが、久蔵はあらゆる可能性を探っていた。可能性の中には、笠井藩江戸上屋敷の内紛・お家騒動もある。

「若殿の京之介か……」

「はい。とっくに元服しているというのに、思い通りにならないと、大の字になって手足をばたつかせ、喚き散らす。まるで子供のような奴だと、足軽や中間も呆れ返っていましたよ」

「そいつは、足軽や中間でなくても呆れ返るぜ。文字通りの馬鹿殿かい」

「ええ。笠井藩も若殿さんがそんなんじゃあ、行く末が大変ですねえ」

「ふん。仕方があるめえ。和馬、その馬鹿殿の行状、出来るだけ洗ってみな」

「洗うのは構いませんが、何分にも支配違い、この事が知れると……」

「なあに、そん時は腹の一つも切りゃあいいさ」

「えっ……」

和馬の顔に脅えが溢れた。

「ふん、心配するねえ。切るのはお前じゃあねえ、俺だよ」

「良かった……」

和馬は思わず口走った。

「いえ。わ、私は別に秋山さまが切腹した方がいいと思っている訳では……とにかく馬鹿殿の行状、詳しく洗ってきます。では御免」

和馬は慌てて否定し、長い脚を縺《もつ》れさせて飛び出して行った。

「どうだい、知っているかい」

「あの夜、父が何処に何しに行ったかですか」

「ああ……」

香織は、久蔵の問いに微かな緊張を見せた。

「香織、俺は笠井藩江戸上屋敷で囁かれている噂は信じちゃあいねえ」

「義兄上……」

「だから、何か知っている事があったら教えてくれ」

「……私、何も知りません」

「香織……」

久蔵は香織を見詰めた。

「……義兄上。父はあの夜、何も言わずに出掛けて行きました」

香織は久蔵から眼を逸らし、俯いた。それは、北島兵部が何処に何をしに行ったのか、知っている証《あかし》と言えた。

嘘の下手な娘だ……。

久蔵は苦笑した。

「では義兄上、私、お福に教わる事がありますので……」

「そうかい……」

香織は久蔵に頭を下げ、そそくさと久蔵の部屋を出て行った。

何故、香織は嘘をついたのだろう……。

久蔵は香織の胸中に思いを馳《は》せた。香織が、父親を殺した者と繋がりがあり、庇っているとは思えない。

となると……。

久蔵は、香織の秘めた思いを推し量った。

梅の季節とはいえ、夜の静けさはまだ冷たかった。


翌日、香織が出掛けたのは、午の刻を過ぎてからだった。

香織は与平とお福に見送られ、楓《もみじ》川沿いの道を北に進み、海賊橋を渡り、本材木町一丁目に出た。そして、青物町から日本橋の高札場《こうさつば》を抜け、日本橋を渡って進み、本町二丁目の角を曲がり、両国に向かった。

薄汚い托鉢坊主が、足早に行く香織を追っていた。弥平次の手先の雲海坊《うんかいぼう》だった。

その昔、雲海坊は博奕《ばくち》の揉め事で博奕打ちに袋叩きにされ、死を覚悟した。その時、助けてくれたのが弥平次だった。以来、雲海坊は弥平次の手先として働くようになった。

弥平次の手先として働く者は、雲海坊の他にも何人かいる。彼ら手先の暗い過去は、弥平次以外に知る者はいない。弥平次は彼らに元手を出して正業に就け、必要な時だけ聞き込みや張り込み、そして尾行などをする手先として使っていた。

托鉢坊主の雲海坊が、香織の後をつけるのに造作はなかった。

今朝、久蔵は南町奉行所に出仕し、小者《こもの》を使って弥平次に手紙を届けさせた。手紙を読んだ弥平次は、居合わせた雲海坊を久蔵の屋敷に走らせたのだ。

香織の動きを見張れ……。

それが、久蔵の手紙の内容だった。

香織は雲海坊の尾行に気づかず、両国広小路の雑踏を抜け、神田川沿いの柳原《やなぎわら》通りを進んで新シ橋《あたらしばし》を渡った。

新シ橋を渡って進むと、大名屋敷が連なり、三味線堀がある。

三味線堀の傍には、笠井藩江戸上屋敷があった。香織はそこに向かっていた。

笠井藩江戸上屋敷は、門を閉ざして静まり返っていた。

香織は三味線堀の片隅に佇み、裏門から誰かが出て来るのを待った。雲海坊は物陰に潜み、その動きを見守った。

大名旗本の屋敷が並ぶ一帯は、行き交《か》う人も少なく、掘割を流れる水の音が微かに聞こえていた。

香織は誰かを待ち続け、雲海坊は香織を見守り続けた。

人の気配が、背後に浮かんだ。

雲海坊は油断なく振り返った。

そこには、薄笑いを浮かべた和馬の顔があった。

「神崎の旦那……」

「いい女じゃあねえか、何者だい」

和馬が香織の後姿を示した。

「なに云ってんです。秋山さまのお妹さまですよ」

「秋山さまの妹だと」

雲海坊は、和馬の素っ頓狂な声を慌てて押さえた。

「雲海坊、本当に秋山さまの妹なのか」

「お亡くなりになった奥方さまの妹さまだそうですぜ」

「奥方さまの妹……」

「ええ、香織さまです」

「香織さま、北島兵部さまの娘御か……」

「ええ、秋山さまが、何をしでかすか分からないので、見張ってくれと……」

「何をするってんだ」

「そいつが分かれば、秋山さまも御心配になりませんぜ」

「そりゃそうだ……」

「で、神崎の旦那は」

「笠井藩の馬鹿殿さまの素行調べだ」

「へえー、馬鹿殿さまですか……」

「ああ、それにしても香織さま、何をしているんだよ」

「誰かを待っているようですよ」

その時、笠井藩江戸上屋敷の裏門が開き、若い藩士が出て来た。

香織は素早く物陰に身を隠した。その顔には、緊張感が満ち溢れていた。

危ねえ……。

雲海坊の直感が囁いた。若い藩士は、旗本屋敷の連なりを東に向かった。香織が物陰伝いに追った。

「じゃあ旦那……」

雲海坊が香織を追った。

「雲海坊、俺も行くぜ……」

和馬が慌てて続いた。

二

若い藩士は、旗本屋敷街を抜け、新堀に架かる薬師橋を渡って尚も進み、浅草御蔵前に出た。浅草御蔵は江戸幕府の米蔵であり、主に旗本御家人に支給する米を収蔵していた。

浅草御蔵前の通りを南に行けば両国であり、北に向かえば浅草寺《せんそうじ》である。若い藩士は、北に向かった。

香織は若い藩士を追った。その追跡は、稚拙なものだった。

「危ないなぁ……」

雲海坊が眉を顰《ひそ》めた。

「なにがだ」

「香織さまの尾行ですよ。あれで気がつかないなんて、あの侍、余程のぼんくらですぜ」

「そうかぁ、山崎新九郎《やまざきしんくろう》は一刀流の目録の腕前だぜ。行き先は浅草かな」

「山崎新九郎ですか……」

「ああ、馬鹿殿さま京之介の取り巻き藩士の一人だ」

「って事は……」

その時、山崎新九郎という名の若い藩士が、諏訪《すわ》町と駒形《こまがた》町の間を右手に曲がった。右手は隅田川の川べりだ。

香織が、躊躇《ためら》いなく山崎を追った。

「拙《まず》い……」

雲海坊が思わず呟いた。

「何が拙い」

「和馬の旦那、野郎の行き先、突き止めて下さい」

雲海坊はそう和馬に云うと、小走りに香織を追った。

隅田川の川べりに人気はなかった。

山崎はいきなり振り向いた。

香織に身を隠す暇はなかった。

「流石《さすが》に父子だな……」

山崎が嘲笑を浮かべて香織に迫った。

香織は慌てて身を翻した。

追い縋った山崎が、香織の襟首に手を伸ばした。

「人さらいだあ」

雲海坊の叫び声が轟《とどろ》いた。

山崎が思わず怯《ひる》み、立ち止まった。

「勾《かど》かしだあ」

大声をあげた雲海坊が、薄汚い破れ衣を羽ばたかせて現れた。

山崎が眉を顰めた。

香織が雲海坊の背後に逃げ込んだ。

「人さらいだあ、みんな、人さらいだあ、勾かしだあ」

尚も雲海坊は、山崎に向かって大声で騒ぎ立てた。

「だ、黙れ、坊主」

山崎が慌てた。

「人さらいだ。侍が若い娘を勾かそうとしているぞ」

雲海坊は構わず叫び、騒ぎ立てた。

近くの家や路地から人々が顔を出した。

「皆の衆、お侍が、この娘御に懸想《けそう》し、無理矢理に連れ去ろうとしていますぞ」

「何を申す。違う、違うぞ」

山崎が慌てて叫んだ。

だが、集まった人々は、山崎に恐ろしげな視線を向け、囁き合った。

「役人だ。早く役人を呼んでくれ」

「任せとけ」

集まった人々の中にいた一人の職人が、猛然と走り去った。

「おのれ……」

山崎は腹立たしげに雲海坊を睨《にら》み、集まった人々を蹴散らす勢いで足早に立ち去っていった。

　雲海坊は、疲れ果てた吐息を洩らした。

「あの、お坊さま……」

　香織が、怪訝《けげん》な眼差しを雲海坊に向けていた。

「お嬢さま、御無事で何より。皆の衆、お蔭で助かりましたぞ。南無阿弥陀仏……」

　雲海坊は香織の眼差しを避け、集まった人々に合掌し、深々と頭を下げた。香織も慌てて人々に礼を述べた。

　人々は雲海坊の合掌と香織の礼に応じ、頭を下げた。

「では、拙僧はこれにて御免」

「あの……」

「なあに、義を見てせざるは勇なきなり。人は相身《あいみ》互《たが》い。礼には及びませぬぞ。南無阿弥陀仏……」

　雲海坊は香織を誤魔化し、さっさとその場を離れていった。

　香織は雲海坊を見送り、我に返ったように通りに走り出て、浅草への道に山崎の姿を探した。だが、山崎の姿は見えなかった。

　香織は己の未熟さに腹が立った。そして、父・北島兵部の無念さを思い知らされた。

山崎新九郎は、浅草寺門前の茶店を訪れた。茶店の親父が、山崎を奥座敷に案内した。

尾行してきた和馬は裏手に廻り、植え込みの陰から山崎の案内された奥座敷を窺った。

和馬は山崎が逢っている男を見て、思わず驚きの声をあげそうになった。山崎が逢っている相手は、和馬の良く知っている男だった。

「柴田甚十郎《しばたじんじゅうろう》だと……」

久蔵が眉を顰めた。

「はい。山崎新九郎が逢っていた相手、臨時廻り同心の柴田さんだったんです」

臨時廻り同心とは、和馬たち定町廻り同心の予備的存在であり、一組六人、両奉行所合わせて十二名がいた。臨時廻り同心は、永年に亘って定町廻り同心を勤めた者がなっていた。

柴田甚十郎は、南町奉行所の臨時廻り同心だった。

「柴田さん、山崎となんの為に逢っていたんでしょうか」

「そいつは、南町奉行所の動きに決まっているさ」

「南町奉行所の動き、ですか」

「ああ、北島兵部を斬ったのは辻斬り。本当にそう思っているのか……」

「本当にって……」

「おそらく笠井藩は、家中《かちゅう》の揉め事と思われるのを恐れているんだろう……」

「それで、柴田さんですか」

「ああ……」

「おのれ……」

「柴田の奴、小判でも握らされたんだろう」

「それにしてもですね」

「ま、いいやな。こっちの詳しい動き、柴田が知る筈もねえ。で、和馬、香織はその山崎新九郎の後をつけたんだな」

「はい。山崎は馬鹿殿京之介のお側衆で、取り巻きの一人です」

「京之介の取り巻きねえ……」

香織は、京之介の取り巻き山崎新九郎を尾行した。それは、父親・北島兵部の無残な死に関わりがあるのだ。その証拠に、山崎は南町奉行所臨時廻り同心柴田甚十郎から情報を得ようとしている。

いずれにしろ香織は、父親の死の真相を突き止めようとしている。

「秋山さま、柴田さんを問い詰めてみますか」

「そいつはまだ早いぜ……」

柴田は詳しい情報を知っている訳ではない。泳がせて逆に情報を取るべきであり、京之介との繋がりを断つのは下策だ。そして、いずれは利用する。

久蔵は微かな嘲笑を浮かべた。

笠井藩江戸上屋敷には、静かな厳しさがはらんでいた。

江戸家老大井将監《おおいしょうげん》と留守居役の村上忠太夫《むらかみちゅうだゆう》は、山崎新九郎の報告を渋い面持ちで聞いていた。

「……と云うわけで、辻斬りの一件、これといった進展はなく、北島さまの件にも不審は抱いていないそうです」

「間違いあるまいな……」

「はっ、南町の臨時廻り同心に聞いた話、先ず間違いないものかと存知ますが……」

「どうかしたのか」

江戸家老の大井は、山崎の抱いた懸念を見逃さなかった。

「実は香織殿が、拙者の後をつけておりまして……」

「香織とは、北島の娘か……」

「はい。ひょっとしたら北島さまから何か聞いているのかも知れませぬ」

「村上、どう思う」

「山崎、北島の娘、ここを出て今、何処にいるのだ」

「そいつを突き止めようと思ったのですが、薄汚い托鉢坊主に邪魔をされまして……」

「逃げられたのか」

「はい……」

「……薄汚い坊主か」

「村上、坊主がどうかしたのか」

「御家老、北島の上の娘、既に死んではおりますが、夫は南町奉行所与力の秋山久蔵と申す者……」

「上役も身分も棄て、いざとなれば役目も身分も棄て、上役
「はい。秋山久蔵、〝剃刀《かみそり》〟と仇名《あだな》され、いざとなれば役目も身分も棄て、上役の大身旗本は云うに及ばず、大名にでも盾を突くとの評判。薄汚い坊主、手先かも知れませぬ」

「うむ。山崎、北島の娘の香織、その秋山なる義兄の許にいるやも知れぬ。費《つい》えは惜しまぬ。人数を集め、引き続き南町奉行所から目を離すでない」

「心得ました。では……」

山崎が座敷を出て行った。

「村上、京之介さまは如何致しておる」

「はい。奥御殿で大人しくして戴いております」

「大丈夫なのか……」

「今のところは……して御家老、殿の仰せは」

「未《いま》だ御決心、おつきにならぬと見える」

「しかし、このままではいつ又……」

「村上、信濃笠井藩六万八千石、殿や若殿だけのものではない。先祖代々忠義を尽くしてきた我等藩士のものでもある。己の身を守るに情けは無用……」

「御家老……」

「幸いにも国元には、御舎弟さまがおいでになる。代わりがいる限り、容赦はいらぬ」

大井は暗い眼差しで冷たく言い放った。


船宿『笹舟』を久蔵が訪れたのは、隅田川を吹き抜ける風が冷たく変わる夕暮れ時だった。

弥平次が久蔵を座敷に案内し、女将のおまきが酒と肴を運んできた。

「で、何か分かったかい」

「ええ。幸吉たちが駆けずり廻ってくれたお蔭で、漸《ようや》く……」

「そいつは御苦労だったな」

「秋山さま、辻斬りは頭巾《ずきん》を被った三人の侍だそうですよ」

「頭巾を被った侍か……」

「はい。町人たちが斬られたいずれの夜も、山谷堀界隈で目撃されていましてね」

「どんな野郎どもだい……」

「一人は中々結構な身なり、いえ、身分のようで、残る二人は家来のようだったとか……」

「成る程、人を斬りたがる主とお供の家来ってところかい……」

「ええ、良くある話ですよ」

「ああ……」

「ですが、訳も分からず斬られた方は、堪《たま》りません……」

弥平次の静かな声には、深い怒りが込められていた。

「だがな親分、そいつらが下手人なら俺達町奉行所の支配違い。どうする……」

「秋山さま、その時は、あっしはお預かりしている十手を返して、長い旅にでも出ますよ」

「長い旅か……」

「はい……」

弥平次の眼が鈍く輝いた。

辻斬りと刺し違える……。

久蔵は弥平次の覚悟を知った。

「ま、親分、そいつは辻斬りが何処の誰か、正体を突き止めてからだ」

辻斬りの姿が、下っ引の幸吉や手先たちの努力で漸く浮かんできた。何をどうするかは、正体を突き止めてからでも遅くはない。

その時は……。

久蔵には弥平次に十手を返させたり、長い旅に出す気は毛頭なかった。

隅田川の川面に映る月が、吹き抜ける風に揺れて砕け散った。


久蔵が屋敷に戻った時、暗がりから雲海坊が現れた。

「昼間は香織が世話になったな。和馬から聞いたぜ」

「いいえ。あれから香織さまは、お父上さまのお墓参りをされて戻ったきり……」

「動かないか……」

「へい。婆やさんたちとお屋敷の事を……」

「そうかい。いろいろ助かったぜ。御苦労だったな。ま、とっておいてくんな」

久蔵は雲海坊に心付けを渡した。

「これはこれは、南無大師遍照金剛……」

雲海坊は心付けを受け取り、久蔵に手を合わせて夜の八丁堀に消えていった。

手を合わせる度に宗派が変わりやがる……。

久蔵は苦笑しながら雲海坊を見送り、屋敷に入った。

香織は俯き、黙っていた。

「義父上の死、笠井藩とどんな関わりがあるんだい」

香織は俯いたままだった。

「……香織、あれから山崎新九郎は、柴田甚十郎って南町奉行所の臨時廻り同心と逢ったぜ」

「義兄上さま……」

香織は怪訝に顔をあげた。

「どうやら義父上の一件、藩が心配しなきゃあならねえような事が絡んでいるようだな」

「どうして、それを……」

「俺は町奉行所の与力だぜ」

「ですが……」

「香織、父上の仇を討つのなら、義理の倅《せがれ》が助太刀しても不思議はねえだろう」

「義兄上……」

「相手は笠井藩、香織一人じゃあどう見ても無理だ。違うかい」

「……義兄上、父はあの夜、お役目で出掛けました」

「お役目……」

「はい」

「目付の役目は、藩士の監察・取締り、義父上は何を調べていたのだ」

「何を調べていたのかは分かりません。でも、山崎新九郎さまを追っていました」

「それで、香織も山崎を尾行したか……」

「はい。何か分かるかと思って……」

「香織、山崎は若殿京之介の取り巻きだそうだな」

「取り巻きと云うより、京之介さまのお側衆にございます」

「京之介は相当な馬鹿殿さんらしいが、本当なのかい」

「それは……」

香織は言い澱《よど》んだ。

「今更、藩に遠慮は無用だぜ」

「……父の話では、京之介さまは今、刀集めに凝《こ》っていて、刀剣屋に勧められるまま買い集めているとか……」

「成る程、刀集めか……」

「はい……」

「香織、辻斬りの件は知っているな」

「勿論です、父上も……」

「その辻斬り、頭巾を被った三人の武士。主と二人の家来のようだ」

「主と二人の家来……」

「ああ……」

「義兄上、まさか……」

香織の顔色が変わった。

「……京之介の取り巻き、山崎新九郎の他にもいるのかい」

「はい。やはりお側衆の稲垣竜之進《いながきりゅうのしん》さま」

「稲垣竜之進……」

「はい。義兄上、もし……もし、京之介さまたちが辻斬りだったら、父は……」

「その事実に気づき、斬られた……」

「おのれ……」

香織は悔しさに震えた。

「義兄上、私、この事を御公儀に訴え出ます」

「香織、証拠は未だ何もねえ」

「ですが、このままでは父が余りにも……」

「安心しな。義父上の無念、放っちゃあ置かねえさ」

「では……」

「ああ、追い詰めて正体を暴き、必ず叩きのめしてやるぜ」

「はい」

香織は頬を紅潮させ、子供のように大きく頷いた。

久蔵は思わず微笑んだ。

「それで義兄上、どうやって正体を暴くのですか、私がお役に立つなら……」

「焦るんじゃあねえ、香織。それよりお福に云って酒を持ってきてくれ」

「はい。すぐに」

香織は活きのいい返事をし、裾を翻して出て行った。

香織と死んだ妻の雪乃は姉妹だが、腹違いであって顔立ちも性格も余り似てい

ると は云えない。雪乃を〝静〟とすれば、香織は〝動〟であり、〝純白〟であれば〝色彩〟の違いがある。

香織には武家娘の静けさより、町娘の賑やかな活発さがあった。

久蔵と香織の睨《にら》みが仮に正しければ、公儀は笠井藩を放って置く筈はない。良くて減知、悪くすれば大久保家は断絶、藩は取り潰しになる。笠井藩は六万八千石を懸け、全てを闇に葬り、取り潰しを免れようとするだろう。

下手には動けぬ……。

行燈の明かりが、低い音を鳴らして揺れた。

笠井藩六万八千石、相手にとって不足はねえ……。

久蔵は不敵な笑みを浮かべた。

香織とお福、そして与平の楽しげな笑い声が、台所から慎ましく洩れてきた。

久し振りの笑い声だ……。

久蔵は、秋山の家で久し振りに笑い声を聞いた。それは、雪乃が逝《い》ってから初めての事であった。

雪乃もお福と一緒に良く笑っていた……。

久蔵は夜の静けさに春の暖かさを感じ、酒が運ばれてくるのを待った。

三

南町奉行所の庭には、梅の花びらが風に舞い、春の日差しが溢れていた。

臨時廻り同心柴田甚十郎は、落ち着かない風情《ふぜい》で待っていた。柴田が久蔵に呼ばれ、御用部屋に来てから時はかなり過ぎていた。

久蔵の用とは何なのだ……。

柴田は己の行動を振り返り、不安に駆られずにはいられなかった。

久蔵は柴田を半刻《はんとき》ほど待たせ、御用部屋に入った。

「おう、待たせたな」

「ははっ」

柴田は弾かれたように平伏した。

久蔵は上座に座り、平伏する柴田を見詰めて暫《しばら》く沈黙した。

久蔵の沈黙は、柴田の不安を一段と募《つの》らせた。

柴田は、上目遣いに久蔵を見ようとした。

「面《おもて》、あげてくれ」

間髪を入れず、久蔵が沈黙を破った。

「は、はい……」

柴田は慌てて顔をあげた。

久蔵がじっと見詰めていた。

柴田は思わず怯んだ。

久蔵の眼に、微かな笑みが滲んだ。

「柴田……」

「はい」

「信濃笠井藩を知っているだろう……」

「は、はい」

柴田は激しい衝撃を受け、思わず頭を下げた。

「……そこの上屋敷に妙な野郎がいるそうだ。ちょいと調べてくれ」

自分が笠井藩から金を貰い、南町奉行所の情報を流している事ではなかった。

柴田はほっとした。そして、事の面倒さに気づき、密かに慌てた。

「し、しかし秋山さま、大名家の江戸屋敷は我等町奉行所の支配違い……」

「柴田、云われなくても知っているよ」

「で、では……」

「支配違いであろうが何だろうが、見つからなきゃあいいんだぜ。そうだろう」

「……はい」

「じゃあ、上手くやってくれ」

「あ、秋山さま、笠井藩上屋敷にいる妙な野郎とは、どのような」

「柴田、ここだけの話だがな……」

「はい」

「例の辻斬りに関わりがあるらしい」

「辻斬り……」

「ああ、そいつを調べてみな。頼んだぜ」

久蔵は柴田の返事を待たず、御用部屋を出て行った。

「心得ました……」

柴田は久蔵を見送り、額に滲んだ汗を拭うしかなかった。

柴田が南町奉行所を出た時、見廻りを終えた神崎和馬が童顔をほころばせて戻ってきた。

「やあ、柴田さん、しばらくでしたね」

「う、うん……」

「お役目ですか」

「ああ、じゃあな……」

柴田はそそくさとその場を離れた。

「柴田さん、その内、一杯やりましょう」

和馬が威勢良く叫んだ。

柴田は返事もせず、足早に去っていった。

「あの旦那ですか」

飴売りの直助《なおすけ》が、いつの間にか隣に並んでいた。

「ああ、柴田甚十郎だ……」

「では……」

直助は和馬に会釈をし、柴田を追っていった。

「気をつけてな……」

和馬は直助を見送り、久蔵に柴田が出掛けた事を報告した。

托鉢坊主の雲海坊が、三味線堀の笠井藩江戸上屋敷から若殿お側衆の山崎新九郎が出掛けるのを確認したのは、一刻後だった。

柴田は、山崎を浅草寺門前の茶店に呼び出し、久蔵に命じられた事の全てを伝えた。

秋山久蔵……。

山崎は事態が切迫しているのを知り、江戸上屋敷に駆け戻った。


久蔵は柳橋の船宿『笹舟』で、弥平次と共に直助の報せを受けた。

「さあて、この後、どう出ますか……」

「笠井藩に人がいりゃあ、下手な真似はしねえだろう」

「だと良いんですがね……」

久蔵と弥平次は、笠井藩が京之介をどう処遇するか注目していた。

それによってこっちの出方も変わる……。

いずれにしろ辻斬りは始末する。

斬られた三人の町人と北島の為に……。

久蔵はそう決意していた。

江戸家老大井将監と留守居役の村上忠太夫は、山崎の報せを深刻な面持ちで聞いた。

秋山久蔵が我が藩に目をつけた……。

「しかし御家老さま、我等に町奉行所の支配は及びませぬ。早急に手を打てば……」

「山崎、秋山久蔵は辻斬りが我が藩に関わりある者と睨んでいる。秋山が事実を突き止めれば、すぐに大目付に届け出て、評定所扱いに致すであろう。事が公になれば、我が藩は窮地に立たされる……」

大井の顔は、苦渋に醜く歪んでいた。

「御家老、最早、京之介さまを廃嫡《はいちゃく》致し、国元にいられる御舎弟直次郎さまをお世継ぎに立てるしかございますまい」

「村上さま、そうなると京之介さまは、如何なるのでございましょう」

「山崎、京之介さまは不治の病。国元にお戻りになられて隠居される」

山崎は言葉を失った。

京之介は廃嫡される。京之介の廃嫡は、取りも直さずお側衆の山崎の失脚でもあった。おそらく京之介は、国元に幽閉されて生涯を終える。山崎に残された役目は、その世話をすることだけなのだ。

「だが、気懸かりなのは殿のお気持ち……」

「村上、笠井藩存亡の危機、我等家臣とその家族の為、殿には私情を棄てて戴かなければならぬ」

大井は厳しく言い放った。

「ならば御家老、南町奉行所の方は……」

「それなのだが、山崎が金を渡している臨時廻り同心……」

「柴田甚十郎にございます」

「うむ。村上、その柴田なる同心を使うのだ」

「柴田を使う……」

「左様、そして秋山久蔵の眼を晦《くら》ませ、その間に一件を片づけるのだ」

「成る程……」

「山崎、この度、南町奉行所の秋山久蔵が乗り出したは、目付の北島兵部を手にかけた愚かな所業の挙句。その方、若殿お側衆としての責めは重い」

「ははっ」

山崎は平伏した。最早、山崎は大井と村上に犬の如く仕えるしかないのだ。久蔵は、柴田甚十郎を使って笠井藩の尻に火をつけた。笠井藩江戸家老大井将監たちも、柴田を使って火を消そうと企てた。暗闘は静かに始まった。


柴田甚十郎が久蔵に報告しに現れたのは、翌日の午後だった。

「で、何か分かったのかい……」

「はい。笠井藩に潜む妙な奴でございます」

「ほう、いたのかい……」

「はい。笠井藩江戸上屋敷にいる知り合いに密かに尋ねたところ、秋山さまが仰るような妙な奴が一人いるとか……」

笠井藩が挑発に乗った。

「何て野郎だ」

「はい。稲垣竜之進と申す藩士だとか……」

稲垣竜之進、香織が云っていた京之介のお側衆の一人だ。笠井藩は稲垣を人身《ひとみ》御供《ごくう》にしてその首を差し出し、全てを闇の彼方に葬ろうとしているのだ。

「稲垣竜之進かい……」

「はい」

「その稲垣、何がどう妙なんだい」

「そ、それは……」

柴田は言い澱んだ。

久蔵は柴田の言葉を待った。柴田は脂汗を流し、ある筈のない言葉を捜した。

「……まあいい、お前はその稲垣竜之進って野郎から眼を離すんじゃあねえ」

「ははっ……」

「俺は俺で調べてみるぜ……」

「妙な藩士を放って置く笠井藩そのものをな」

「秋山さまが……」

「笠井藩そのものですか」

「ああ、殿さんが間抜けで藩の綱紀がいい加減だから、藩士に妙な奴が現れる。藩の責めは重い。江戸の政《まつりごと》と治安の一端を担う町奉行所与力としては、悪事の証拠を揃えて支配に訴え出るのも役目。笠井藩の場合は、大名を監察する大目付に畏《おそ》れながらと訴えてやるさ」

久蔵は笠井藩に二の矢を放った。

「大目付に……」

「そうだ、面白い事になるぜ」

久蔵の言葉は、今夜中にも笠井藩の重職たちに伝わる筈だ。

久蔵は楽しげに笑った。

岡っ引の弥平次は、笠井藩江戸上屋敷の周囲に手先を張りつけた。

托鉢坊主の雲海坊、飴売りの直助、鋳掛《いかけ》屋の寅吉《とらきち》、夜鳴蕎麦屋の長八《ちょうはち》。彼らは下っ引の幸吉を中心に交代をしながら、笠井藩の動きを監視していた。

久蔵の睨み通り、その夜の内に柴田の情報は、山崎を通じて大井と村上に届いた。

何らかの決着を着けない限り、秋山久蔵は手を引かない。久蔵が手を引かない限り、笠井藩の危機はなくならないのだ。

大井将監と村上忠太夫は、藩主大久保《おおくぼ》出雲守《いずものかみ》に若殿京之介の廃嫡を進言するしかなかった。

「たかが町人三人、斬り棄てたからと申して何ほどの事がある」

大久保出雲守は激怒した。

「しかし、事は最早、それだけでは済まなくなっております」

我が子の愚かな所業を棚に上げ、藩の危機に鈍感な主……。

大井は湧きあがる怒りを抑え、出雲守を懸命に説得し続けた。

「秋山久蔵が辻斬りの一件の証拠を揃え、大目付に報《しら》せれば、御公儀はこれ幸いと我が藩を取り潰しにかかるのは必定《ひつじよう》。今は我慢の時にございます」

「おのれ秋山久蔵、たかが町奉行所与力の分際で何故、我が藩に仇《あだ》をなす……」

「それもこれも、若殿が我が藩目付北島兵部の諫言《かんげん》を避けられ、お手打ちにされたからにございます」

「黙れ、北島兵部は我が藩藩士、生かすも殺すも我が家中の事ぞ」

「殿、北島兵部、我が藩藩士であり、秋山久蔵の義父、舅《しゆうと》にございます」

「舅……」

「はい。秋山久蔵にしてみれば、義父とは言え親の仇。義理の息子が、親の仇を討つのに何の不都合もございませぬ」

「義父の仇討ち……」

出雲守は茫然と呟いた。そして、我に返ったように叫んだ。

「南町奉行に抑えさせるか、金を握らせるのはどうだ」

「……殿、秋山久蔵なる者、〝剃刀〟の異名を持ち、金にも力にも転ばぬことで名高い男にございます」

「金も脅しも効かぬか……」

「御意……」

出雲守が深々と吐息を洩らし、冷たい沈黙が御座の間を覆った。

「……将監、忠太夫、どうあっても京之介を廃嫡するしかないのか」

「そして、御次男直次郎さまを……」

「そう致せば、京之介と我が笠井藩、必ず救われるのだな」

「ははっ……」

大井が平伏した。

「御胸中、お察し致しまする」

村上忠太夫が続いて平伏し、笠井藩の京之介廃嫡が決まった。

後は如何に辻斬り事件を始末し、秋山久蔵を納得させるかだった。

出雲守は、大井と村上に始末を任せた。

数日が過ぎた。

久蔵の元に柴田が新たな情報を持ってきた。

「なに、辻斬りが現れたいずれの夜も、稲垣竜之進は出掛けていただと……」

「はい。上屋敷の中間小者たちが、そう証言しております」

「稲垣竜之進、辻斬りに違えねえか……」

「はい」

「よし、柴田、稲垣を見張り、辻斬りの現場を抑え、召し捕るんだ」

「はっ、心得ました」

柴田が御用部屋を出て行ったのを見届け、久蔵は冷笑を浮かべた。

誘いをかけてきやがった……。

笠井藩は、稲垣竜之進を辻斬りに仕立てあげ、若殿京之介を助けようとしている。

「それにしても、稲垣って藩士があっしたちにお縄にされちゃあ、笠井藩は拙いんじゃあないんですか」

弥平次は首を捻った。

「そりゃあ親分、稲垣がお縄になる前に成敗しちまえばいいのさ」

「成敗……」

「上様お膝元で辻斬りを働いた慮外者として、俺たちが捕える寸前に斬り棄てる」

「それで一件落着ですか……」

「死人に口なし。だが分からねえのは、何故そんなに手の込んだ真似をするかだ……」

「と仰いますと……」

「稲垣を京之介の身代わりにするなら、上屋敷の中で始末し、畏れながら辻斬りを働いた藩士を成敗しましたと、公儀に届ければ済む事だぜ」

「成る程、じゃあわざわざあっしたちの目の前で成敗するのは、裏がある……」

「ああ、俺たちの眼を稲垣に引きつけ、裏で何かを企《たくら》んでいる……」

「そいつが何か……」

「いずれにしろ、京之介が絡んでいるのに間違いねえだろう。とにかく親分、結末は近い。油断はならねえぜ」

久蔵は南町奉行所出入りの人相書絵師を屋敷に招き、香織の言葉を元に稲垣竜之進の似顔絵を描かせた。そして、出来上がった稲垣の似顔絵を、笠井藩江戸上屋敷を見張る下っ引の幸吉と手先たちに配った。

廃嫡の上、国元で隠居……。

二十歳の京之介は怒り狂った。己の悪行を棚に上げて怒り狂った。

江戸家老の大井将監と留守居役の村上忠太夫は、虚しさを覚えずにいられなかった。

このような愚か者の為、笠井藩は存亡の危機に陥り、悪戦苦闘を強いられている。

大井と村上は虚しく、腹立たしかった。

京之介が、如何に怒り狂ったところで、既に笠井藩は京之介の廃嫡と次男直次郎の嫡子届けを公儀に差し出していた。

京之介が知らされた時には、何もかもが終わっていたのだ。京之介に残されているのは、お側衆の山崎新九郎と稲垣竜之進に当り散らす事だけだった。

「私が辻斬りを……」

稲垣竜之進は茫然と聞き返した。

「左様、先祖代々続いた稲垣の家を守りたければ、京之介さまの身代わりになるしかないと心得ろ。良いな」

大井将監は冷徹に命じた。

稲垣は茫然と頷いた。いや、頷くしかなかった。

「山崎、その方、京之介さまのお供をして国元に帰り、その御生涯を見届けるのだ」

「御生涯を……」

「左様……」

留守居役の村上忠太夫が、小さな桐箱に入った薬を差し出した。

毒薬だった。

「笠井藩の行く末に禍根を残さぬ為には、不要な者は片づけるのが肝要……」

主殺し……。

山崎は毒薬を見詰め、罪の重さに背筋を震わせた。

「稲垣同様、それが山崎の家を守る唯一の手立て、良いな」

山崎は、糸を切られた操り人形のようにがっくりと平伏した。

「両名とも、それが京之介さまをお諫《いさ》め出来なかったお側衆の罪の償い、忠義と心得ろ」

山崎と稲垣は、平伏したまま震え続けた。

京之介の罪を被り、その命を奪う……。

それが、山崎と稲垣に与えられたお側衆としての最後の役目だった。

四

京之介の廃嫡届けが出された。

奴等が動く……。

久蔵と弥平次は仔細な打合わせをし、それぞれの手配りをした。

そして、臨時廻り同心の柴田甚十郎が、久蔵の元に駆け込んできた。

「秋山さま、手懐《てなず》けた小者の話では、稲垣の様子がおかしいとの事です」

「様子がおかしいだと」

「はい。以前にもそう云う事があって出掛け、その夜の日本堤で辻斬りがあった
そうにございます」

今夜だ……。

久蔵は込み上げる笑いを堪えた。

「よし、稲垣の後をつけて辻斬りの現場を押さえ、お縄にするんだ」

柴田は久蔵の命令を受け、奉行所を後にして笠井藩江戸上屋敷に急いだ。

柴田にとって辻斬りを捕まえるのは、悪い話ではない。若さまお側衆の山崎新九郎は、同じ役目の稲垣竜之進を陥れようとその秘密を売った。柴田はそう思っていた。

久蔵は和馬を呼び、様々な指示を与えた。そして、香織に使いを走らせて、柳橋の船宿『笹舟』に向かった。

二月も終わりに近づいた隅田川は、午後の日差しに川面を煌《きら》めかせていた。

「いよいよ、今夜ですかい……」

「ああ、柴田の野郎、何も知らずに駆け廻っているぜ」

「御苦労なことですね。で、段取りは如何致しますか」

「おそらく稲垣は、柴田の目の前で辻斬りを働こうとするだろう。その時、笠井藩の連中が現れ、藩の名を汚した辻斬りとして稲垣を斬り棄てる」

「柴田の旦那が、証人ですか……」

「ああ。だが、そうはさせねえ。笠井藩の連中が、稲垣を斬る前に親分たちと和馬が稲垣をお縄にする」

「あっしたちと和馬の旦那がですか」

「ああ……」

「秋山さまは……」

「俺かい、俺はな……」

その時、おまきが廊下に現われ、声をかけてきた。

「秋山さま、お妹さまがお見えになりました」

「入ってくれ」

おまきが襖を開け、香織が緊張した面持ちで入って来た。

「義兄上……」

「香織、こっちはこの笹舟の旦那で岡っ引の弥平次親分。それから女将のおまきだ」

久蔵が、香織と弥平次夫婦を引き合わせた。

「北島香織にございます」

香織は手をつき、弥平次とおまきに丁寧に挨拶をした。

弥平次とおまきが、香織に好感を抱くのに時間はかからないだろう。

「して義兄上、急な御用とは……」

「今夜、義父上の仇を討つぜ……」

久蔵は優しく笑い、不敵に言い放った。


暮れ六つ。

稲垣竜之進は、笠井藩江戸上屋敷を出た。

物陰にいた柴田が追った。そして、下っ引の幸吉と鋳掛屋の寅吉が現れ、二人を追って足早に闇に消えていった。

三味線堀に静けさが溢れた。

闇が僅かに揺れた。托鉢坊主の雲海坊と飴売りの直助だった。何故か二人は、笠井藩江戸上屋敷を見張り続けた。

新堀沿いの道に出た稲垣は、北に進んで東本願寺前を抜け、浅草寺に向かった。

幸吉と寅吉は、下手な尾行をする柴田に苛立ちながら稲垣を追った。

稲垣は浅草寺附近の居酒屋に入り、酒を頼んだ。柴田は居酒屋の表の物陰に隠れ、稲垣の出て来るのを待った。

寅吉が幸吉を残し、居酒屋に入って酒を頼み、稲垣の様子を窺った。

稲垣は酒を飲んでいた。蒼白い顔をし、虚ろな眼差しで酒を飲み続けていた。
猪口を持つ稲垣の手が、小刻みに震えていた。
寅吉は稲垣が哀れに思えた。
時が静かに過ぎていった。

戌《いぬ》の刻五つ。
笠井藩江戸上屋敷から、五人の藩士が出掛けていった。
「旅姿じゃあねえな……」
「ええ、奴等じゃありませんぜ」
雲海坊と直助は、暗がりに潜み続けた。
やがて、二人の旅姿の武士が、笠井藩江戸上屋敷から出て来た。
雲海坊と直助が、二人の武士が何者か見届けようとした。
二人の旅姿の武士は、山崎新九郎と京之介だった。
秋山さまの睨み通りだ……。
雲海坊と直助は僅かに緊張し、京之介と山崎の尾行を始めた。
京之介と山崎は、出羽久保田藩佐竹家江戸上屋敷の脇を抜け、御徒町から上野を通って湯島天神裏門坂通りに向かっていた。

おそらく二人は、湯島天神裏の切り通しを通って追分に抜け、板橋の宿に行く。そして、板橋の宿から中仙道を信濃笠井藩の国元に向かう。それが久蔵の読みだった。

今のところ、京之介と山崎は、久蔵の読みの通りに動いている。雲海坊と直助は尾行を続けた。

廃嫡された京之介のお国入りは、淋しく惨めなものであった。


浅草寺の鐘が、亥《い》の刻四つを告げた。

稲垣竜之進は酒を飲み干し、全てを振り切るように立ちあがった。居酒屋を出た稲垣は、隅田川沿いに花川戸《はなかわど》に向かった。

行き先は、山谷堀日本堤……。

幸吉が先廻りをし、寅吉が稲垣を尾行した。

山谷堀日本堤は、暗く人気がなかった。

稲垣は、山谷堀に架かる小橋の袂《たもと》に潜んだ。

川の流れる音が、暗がりに静かに響いていた。

若殿京之介は、ここで新刀試しと称して三人の町人を袈裟懸けに斬り、山崎が止めを刺した。藩目付北島兵部が、京之介の凶行に気づき、懸命に諫言した。だが、京之介は北島を容赦なく斬り棄てた。

全てはそれから狂い始めた。いや、所詮は悪事、無事に終わる筈はなかったのだ。

お側衆の自分に何が出来たと言うのだ……。

稲垣は呪い、恨み、悔やんだ。

提灯を持った人影が、日本堤を吉原からやって来た。

稲垣は緊張し、喉を鳴らした。

大店の旦那風の人影は、落ち着いた足取りで稲垣の潜む小橋に向かってくる。

稲垣は刀の柄を握ろうとした。だが、手は震え、力を込められなかった。大店の旦那風の男が小橋を踏んだ。稲垣は必死に刀の柄を握り締め、地を蹴って闇を揺らした。抜き放たれた刀が、大店の旦那風に向かって鋭く閃いた。

大店の旦那風の男が、右手を横薙ぎに振った。鎖の金属音が響き、稲垣の刀が夜空に弾き飛ばされた。

稲垣は激しく動揺し、後退《あとずさ》りした。

大店の旦那風の男は、萬力鎖《まんりきぐさり》を構えた弥平次だった。萬力鎖とは、両端に分銅《ふんどう》のついた長さ二尺強の鎖で捕物道具だ。

「神妙にしなせえ」

弥平次が厳しく言い放ち、幸吉と寅吉が稲垣を背後から押さえ、脇差を奪った。

稲垣は魂を失ったように座り込んだ。

「弥平次……」

柴田甚十郎が慌てて飛び出してきた。

「柴田の旦那、早くお縄を……」

その時、五人の笠井藩士たちが、闇を大きく揺らして現れた。

「おのれ辻斬り、成敗してくれる」

笠井藩の藩士たちは、刀を抜いて稲垣に殺到した。

柴田が悲鳴をあげ、闇に転がり逃げた。

「お待ちなさい」

弥平次が立ちはだかって一喝した。

「辻斬りは南町奉行所が召し捕りました。手出しは、御無用にございます」

「黙れ、その者は我が笠井藩藩士。町奉行所に捕らえられる謂われはない」

「そりゃあ、私たちが辻斬りの身元を確かめてからの事です」

和馬が現れ、無数の南町奉行所の提灯が取り囲むように浮かんだ。

笠井藩藩士たちが、驚き怯んだ。

久蔵の仕組んだ事だった。笠井藩江戸家老大井将監の企ては、虚しく砕け散った。


日本橋から二里八丁。

京之介と山崎は巣鴨を通り、板橋中宿に差しかかった。

夜の板橋宿は、旅人で賑わう昼間とは違い、静まり返っていた。京之介と山崎は、板橋上宿の石神井川に架かる板の橋を渡り、一気に根村・清水・蓮沼・小豆沢《あずさわ》を抜け、志村にある笠井藩大久保家縁の円明寺に泊まる予定だった。その背後には、一刻も早く町奉行の支配の届かない〝朱引《しゆびき》〟外に逃れる必要があった。

雲海坊と直助は、京之介と山崎を追って板橋を渡り、朱引外に出た。これから先の中仙道は、江戸の町奉行所の管轄外となり、秋山久蔵と云えども手出しは出来ない。

「雲海坊、先に行ってお報せするぜ」

「ああ……」

直助は脇道に入り、京之介と山崎を密かに追い抜いていった。

山崎は微かな安堵を覚えた。

「山崎、最早朱引外か」

京之介は疲れ、苛立っていた。

「はっ、仰せの通りにございます」

「ならば、あのお堂で休む……」

京之介は緊張を解き、行く手に見えるお堂に急いだ。

その時、お堂の扉が開き、着流しの侍が現れた。

「京之介さま……」

山崎は慌てて京之介を止めた。

着流しの侍は、京之介と山崎の前に佇んだ。

「大久保京之介と山崎新九郎だね」

「何者だ……」

身構えた山崎が、緊張して誰何《すいか》した。

「……南町奉行所与力秋山久蔵……」

山崎は驚き、怯んだ。

「お前さんたちが、辻斬りなのは分かっているぜ……」

「黙れ、秋山久蔵。ここは既に朱引外、町奉行所与力の力は及ばぬと心得い」

京之介が甲高い声で怒鳴った。

久蔵は苦笑した。

「勘違いしちゃあいけねえ。町奉行所の役人なら生きて捕えるのが役目だが、わざわざ朱引の外で待っていたんだ……」

京之介と山崎の顔に戸惑いが浮かんだ。

「香織……」

お堂から香織が現れた。

「北島香織……」

山崎が激しく動揺した。

「京之介さま、山崎殿、父・北島兵部の無念、今こそ晴らします」

香織が懐剣を抜いた。

山崎が京之介を庇い、僅かに後退りした。

背後と横手の暗がりには、雲海坊と直助が身構えていた。逃げ道は断たれていた。

「あ、秋山、その方、町奉行所与力……」

「煩《うる》せえ」

久蔵が京之介を鋭く遮った。

「……朱引の外での俺は、二百石取りの只の御家人。たとえ相手が、大名の倅でも五分と五分の侍同士。武門の意地で舅の仇を叩き斬ったところで、上さまにだって文句を云われる筋合いじゃあねえって事よ」

「お、おのれ無礼な……」

激昂した京之介が、久蔵に猛然と斬りかかった。

久蔵は横薙ぎに刀を払った。

閃きが交錯し、金属音が甲高く響いた。

京之介は大きく体勢を崩した。山崎が、京之介を庇うように久蔵に斬り込んだ。

刹那、久蔵の刀が走った。

山崎の腕が、音を立てて曲がり、刀を落とした。

京之介は恐怖に震え、後退りして身を翻した。だが、雲海坊の錫杖《しゃくじょう》が飛来し、京之介の足を縺れさせた。

　近づいた久蔵が、京之介の小刻みに震える刀を無造作に叩き落とした。

「香織」

「父の仇……」

香織が懐剣を構え、京之介に体当たりした。

「お、おのれ……」

京之介は眼を見開き、全身を苦悶に歪めてゆっくりと崩れ落ちた。

香織が、引きずられるように座り込んだ。

「しっかりしろ、香織……」

「あ、義兄上さま……」

「見事だ。お義父上も喜んでいるぜ」

「はい……」

香織は頰を紅潮させ、息を弾ませていた。

「秋山さま……」

直助と雲海坊が、虚ろな眼差しで座り込んでいる山崎の傍にいた。

「山崎新九郎、お前も酷い主を持ったな」

山崎は嗚咽を洩らした。肩を震わせ、毒薬の入った小さな桐箱を握り締め、啜り泣いた。

今更、泣くんじゃやねえ……。

久蔵は、こみ上げる腹立たしさを懸命に抑えた。


捕えられた山崎新九郎と稲垣竜之進は、既に笠井藩を追放されていた。

笠井藩は二人を無関係な浪人とし、その行状の責めを取ろうとはしなかった。

そして、京之介を病死と公儀に届け、一件を始末した。だが、江戸家老の大井将監と留守居役の村上忠太夫は、全ての責めを取って腹を切った。久蔵と笠井藩江戸家老大井将監の暗闘は終わった。

第二話

泡沫《うたかた》

一

弥生《やよい》――三月。

雛祭りが終わった頃だった。

酒を酌する女の微笑みには、哀しみが秘められていた。


南町奉行所与力秋山久蔵は、一人の女と再会した。

女は、不忍池《しのばずのいけ》の畔《ほとり》にある料亭『梅や』の仲居で、名をお糸と云った。お糸は忙しさや酔客のからかいにもめげず、身を粉《こ》にして働いていた。まるで、夫の罪を償うかのように……。

三年前、お糸の夫で浪人の島崎清一郎《しまざきせいいちろう》は、仲間と日本橋の両替商『井筒屋』の十八歳になる若旦那の梅吉《うめきち》を勾《かど》わかして身代金を要求した。だが、島崎たちは仲間割れを起こし、勾かした梅吉を殺害して逃走しようとした。

久蔵たちは、島崎たちを包囲して捕えようとしたが、凄まじい抵抗を受けた。

町奉行所は生かして捕えるのが役目、だが手に余ればその限りに非ず……。

久蔵たちは暴れる浪人を斬った。そして、久蔵が斬り棄てた浪人の中に島崎清一郎がいた。

お糸の夫・島崎清一郎は、久蔵に斬られて死んだ。

久蔵は覚えていた。

島崎清一郎の遺体を見詰め、泣き声をあげずに涙を流すお糸を覚えていた。

お糸は微笑みを浮かべ、久蔵に酒の酌をした。久蔵はお糸の微笑みの裏を窺った。微笑みの裏には、微かな諦めが揺れていた。

久蔵が亭主を斬った男だと、お糸は知らなかった。


仕事を終えたお糸は、『梅や』のある茅町《かやちよう》を出て湯島天神脇の道から神田明神下の通りを進み、裏店《うらだな》の一軒に入った。

追って来た久蔵は、物陰から見届けた。

暗い家に明かりが灯った。

お糸は一人で暮らしている。

男の子がいた筈だ……。

当時、確か三歳程で、今は六歳ぐらいになっている筈だ。

その子はいないのか……。

久蔵は物陰に佇み、行燈の灯を受けて薄明るい腰高障子に子供の影が映るのを待った。だが、子供の影は映らず、声も聞こえなかった。派手な半纏《はんてん》を纏《まと》った男が、長屋の木戸口に現れた。半纏の背中には、卑猥な笑みを浮かべた色弁天が極彩色で描かれていた。遊び人風体の男は、物陰にいる久蔵に気づかず、派手な半纏を翻してお糸の家に入っていった。安酒の匂いが、漂って消えた。

お糸の男……。

久蔵が、島崎清一郎を斬って三年が過ぎている。お糸に男が出来て、所帯を持ったとしても不思議はない。

久蔵がそう思いを巡らせた時、女の悲鳴が微かに洩れた。お糸の家からだった。

久蔵は素早く腰高障子の脇に張りつき、家の中の様子を窺った。

男の罵《のの》る声がし、頬を叩く音がした。そして、お糸の短い悲鳴が聞こえた。やがて、男はお糸から金を取り上げ、鼻歌混じりに出て行った。お糸のすすり泣きが洩れた。

ひも……。

色弁天の半纏の男は、お糸の亭主というよりひもなのだ。

島崎清一郎が死んで三年。お糸の身に何があったのだ……。

それは、誰が見ても、良い方向に進んだとは思えるものではない。

お糸の人生は、島崎清一郎の死によって大きく変わったのだ。

俺が島崎清一郎を斬ったせいか……。

いいや違う。たとえ久蔵が斬らなくても、島崎は捕えられて死罪になっていたのに間違いなかった。

やがて、お糸のすすり泣きと微かな灯りが消えた。

久蔵は明神下の裏店を離れた。


八丁堀岡崎町の秋山屋敷は、以前とは変わっていた。いや、変わったと云うより、元に戻ったのだ。久蔵の妻・雪乃が生きていた頃に……。それは勿論、雪乃の妹・香織が、一緒に暮らすようになったからだった。

香織は父親の北島兵部が非業《ひごう》の最期を遂げて以来、久蔵の屋敷の死んだ姉・雪乃の部屋で暮らしていた。

香織の屈託のない性格は、長年奉公している与平とお福の老夫婦を喜ばせ、秋山家を雪乃が生きていた頃のように明るくした。

「義兄上、髪結いの新助さんが見えてます。早くお起きになって下さい。もう、起きないなら新助さんに帰って戴きますよ」

香織は容赦なく久蔵を起こした。そこには、与平お福夫婦のような遠慮は微塵《みじん》もなく、義理の仲を感じさせない兄妹でしかなかった。

久蔵は苦笑しながら顔を洗い、髪結いの新助に髷《まげ》を結い、髭を剃って貰った。

巳《み》の刻四つ時、二百石取りの旗本である与力は、挟箱を担いだ五人の足軽中間を供に奉行所に出仕する。だが、毎日を五人の供を従えての出仕は難しく、平日には草履《ぞうり》取り一人を従えての〝略供〟も許された。

久蔵は与平を略供にし、香織とお福の見送りを受けて屋敷を出た。

八丁堀岡崎町から数寄屋橋御門内の南町奉行所は遠くはない。

「おう、与平。御苦労さん、もういいぜ」

「久蔵さま、たまには数寄屋橋御門まで……」

「別に面白い見世物があるわけでもねえ。さっさと帰って昼寝でもするんだな」

「久蔵さま、私もそうしたいのですが、香織さまがお見えになって以来、お福の奴、秋山家の仕来たりや決まり事を教えるんだと張り切って、そりゃあもう煩《うるさ》くなりましてね。まったくあの婆さん……」

「そいつは気の毒に、ま、上手くやるんだな」

久蔵は弾正橋《だんじょう》で与平を帰し、銀座を抜けて南町奉行所に向かった。


南町奉行所に出仕した久蔵は、小者《こもの》を柳橋の弥平次の元に走らせ、定町廻り同心の報告を受けた。

定町廻り同心は、捕縛専任であって六人いた。神崎和馬もその一人である。同心は、他に隠密廻りが二人、臨時廻りが六人、人足寄場詰、用部屋手付、物書同心など都合百二十人がいる。そして久蔵たち与力は、二十五騎だった。

久蔵が、定町廻り同心たちの報告を受けて指示を出し、御用部屋に戻った時、弥平次がやって来た。

「……そのお糸って女の暮らし振りと、ひも野郎の正体を調べるんですか」

「ああ、頼めるかい」

「そりゃあもうお安い御用ですが、秋山さま、そのお糸って女と何か関わりがあるんでございますか」

「親分、三年前、日本橋の両替商の倅《せがれ》が、勾かされて殺された一件、覚えているかい」

「その一件なら私も捕物出役に参りましたよ。下手人の浪人ども、そりゃあもう凄まじい暴れようでしたね」

「その時、俺は島崎清一郎って浪人を叩き斬った。お糸はそいつの女房だぜ」

弥平次は眉を顰めた。

「秋山さま、お糸、悪事に手を染めている様子なんですかい」

「いいや、別にそういった訳じゃあねえ」

「でしたら……」

「余計な真似かい」

「はい。如何に悪事を働いた奴でも、お糸には亭主で、秋山さまは仇。出来るものなら関わりにならない方が……」

「親分、亭主が罪を犯したからって、女房が辛え思いをしなきゃあならねえ謂《い》われはねえ。違うかい」

「そりゃあそうですが……」

「三年前、島崎の野郎、死ぬ覚悟で俺に斬りかかって来やがった。涙を零しながらな……」

「秋山さま……」

「……親分、甘いかもしれねえが、俺はお糸にちょいと関わってみるぜ」

「分かりました。探ってみましょう」

「すまねえな……」


南町奉行所を後にした弥平次は、その足で日本橋を渡って神田須田町八ッ小路に出た。そして、神田川に架かる昌平橋を渡り、湯島に入った。

神田明神下の裏店は、住人のおかみさんたちも朝の仕事が終わったとみえ、小さな子供が遊んでいるだけだった。

弥平次が裏店を訪れた時、お糸は狭い裏庭に少ない洗濯物を干していた。洗濯物の中に子供の物はなかった。

子供は既に死んだのか、それとも何処かに預けているのかも知れない。

いずれにしろ家に子供はいない……。

弥平次はお糸の暮らしを窺った。

洗濯物を干し終えたお糸は、洗い張りをした着物の縫い直しを始めた。

暫く動く気配はない……。

そう読んだ弥平次は、裏店の大家の許に向かった。大家は家持ちに雇われ、借家の管理を任された者であり、町名主の下にある。仕事は店賃《たなちん》の徴収の他、町触《まちぶれ》の伝達、道路の通行、火の番などの監督、町費用の計算など行政の末端を担《にな》っていた。

大家の八兵衛《はちべえ》は自身番にいた。

弥平次は八兵衛を神田明神の境内《けいだい》に誘った。

神田明神社は、大黒天、恵比寿天、平将門を祀《まつ》っている江戸の総鎮守であり、参詣客で賑わっていた。

弥平次と八兵衛は、境内にある茶店の奥に落ち着いた。

「……お糸の事ですか」

「ええ、教えて貰えますか……」

「そりゃあもう、お上の御用を預かっている柳橋の親分の頼み、幾らでも……」

「じゃあ、長屋にはいつから誰と」

「確か三年前からでしたか、亭主と子供は病で亡くし、最初から一人でしたよ」

お糸は子供を失っていた。そして、夫である島崎清一郎の死の理由を偽っていた。

「親分、お糸が何か……」

八兵衛は探る眼差しを弥平次に向けた。

「いえ、まだ八兵衛さんの心配する程の事じゃありませんよ」

「それならいいですが……」

大家は店子に対し、親も同然の権限を持って干渉した。そこには、店子が事件や事故を起こした時、監督不行届きで厳しく叱責されるおそれがあったからだ。

「で、八兵衛さん、お糸の男関係、分かりますか」

「それなんだが親分、最近、背中に弁天さまの半纏を着た遊び人が、お糸の家に出入りしているって話なんですよ」

久蔵の云っていた男だ。

「何処の誰か分からないのですか」

「ええ、長屋の衆も関わり合いになるのを恐れ、出来るだけ顔を合わせないようにしているそうでしてね……」

「成る程……」

「それにしても、昼間は仕立物、夜は料理屋の下働き。そんな奴を引き入れるような女には、とても見えなかったんだが……」

八兵衛は眉を曇らせ、吐息を洩らした。

こっちで突き止めるしかない……。

弥平次は手配りを考えた。下っ引の幸吉は、差し迫った事件を抱えていない。しかし、手先を勤めている托鉢坊主の雲海坊、飴売りの直助も身体は空いている。

下手をすれば、久蔵の私的な事柄に触れる事になる。

幸吉や雲海坊たちに、任せて置けない……。

弥平次はお糸の住む長屋に戻り、張り込みに都合の良い場所を探した。

申《さる》の刻七つ。裏店を出たお糸は、不忍池の畔にある料亭『梅や』に向かった。

お糸は、酔客をあしらいながら酒や料理を運び、通いの仲居として忙しく働いた。そして、町木戸が閉まる亥の刻四つ時、お糸は『梅や』での仲居の仕事を終え、帰路に着いた。

弥平次はお糸を追った。

お糸は茅町を抜け、湯島天神脇を通って明神下の裏店に急いだ。月明かりが、お糸の影を映していた。

木戸を潜ったお糸は、自分の家を見て足を止めた。淡い明かりが、腰高障子越しに浮かんで消えた。

お糸の家に誰かいる……。

そして弥平次は、裏店一帯に異様な気配が漂っているのに気がついた。それは、明かりの消えた家々の中から漂っていた。

お糸が忍び寄った時、腰高障子がいきなり開き、男が顔を出した。

お糸は驚き、思わず後退りした。

「お糸、遅かったじゃあねえか……」

「……お前さん」

男は色弁天の半纏を纏い、火のついた煙管《きせる》を手にした遊び人だった。

「さっさと中に入んな」

遊び人はお糸を家の中に引き込み、辺りの闇を油断なく見廻し、腰高障子を閉めた。

裏店に漂っていた異様な気配が揺れた。異様な気配は、お糸の家に遊び人が来ているのを知り、事の成り行きを息を詰めて窺っていた裏店の住人たちのものだった。

関わりにはなりたくないが、どうなるのかは知りたい……。

所詮は他人事、面白ければいい。

それが、裏店の住人たちの本音なのだ。

弥平次は物陰の暗がりに佇み、お糸と遊び人の様子を見守った。

やがて、お糸の呻き声が、微かに洩れた。お糸の呻き声は、押し殺した喘ぎに変わって切れ切れに続き、切迫していく。

安普請の裏店は、住人たちの暮らしをいつも平等に教えてくれる。

裏店の一軒の家から、中年女の下卑た含み笑いが洩れた。

お糸の切迫した喘ぎ声が、いきなり途切れて静寂が訪れた。

四半刻が過ぎた。

お糸の家に行燈が灯り、遊び人が派手な半纏を纏いながら出て来た。そして、遊び人はお糸の家に嘲笑をくれ、色弁天の半纏を翻して小走りに駆け去っていった。

弥平次が暗がりから現れ、追った。

遊び人は夜の妻恋坂を駆け上がり、小旗本や御家人の屋敷が建ち並ぶ一帯に入った。馴れた足取りだった。

一帯には、中間たちが賭場を開帳している旗本屋敷もある。弥平次たち岡っ引は、その実態を知っているが、武家地・武家は支配違いで手出しが出来ない。質《たち》の悪い中間たちは、それをいい事に屋敷の中間部屋で賭場を開いた。屋敷の主である旗本は、場所代を取って眼を瞑《つむ》っていた。

遊び人は、旗本の屋敷で開帳されている賭場に行く……。

弥平次はそう睨んだ。

案の定、遊び人は旗本屋敷の冠木門を潜った。

弥平次は岡っ引から船宿の主の顔に戻り、旗本屋敷の冠木門を潜った。中間か無宿人かの区別のつかない者たちが、弥平次を誰何《すいか》した。弥平次は素早く金を握らせ、賭場に入り込んだ。

旗本屋敷の中間部屋で開帳されている賭場は、金を賭ける商家の旦那衆や遊び人たちの熱気で満ち溢れていた。

弥平次は船宿の主に戻り切って遊び、賭場の雰囲気に溶け込んでいった。

半刻が過ぎた。

弥平次は、遊び人の名が蓑吉《みのきち》だと知った。

「どうぞ……」

香織がお茶を差し出した。

「こりゃあお嬢さま、かたじけのうございます」

弥平次は慌てて頭を下げた。

「義兄は間もなくまいります」

「はい……」

弥平次は昨夜の報告をする為、秋山屋敷を訪れていた。

「それで親分、今度の事件、どのようなものなのですか」

「えっ……」

「人殺し、それとも押し込み……」

香織は眼をきらきらと輝かせ、弥平次の返事を待っていた。

「いえ、今日は仕事の事じゃありませんでして、はい……」

「あら、そうなんですか……」

香織はがっかりと肩を落とした。

こいつは、亡くなられた奥方さまには、似ても似つかないお妹さまだ……。

弥平次は思わず苦笑した。亡くなった香織の姉の雪乃は、夫である久蔵の仕事に一切の関わりを見せなかった。だが、妹の香織は違うようだ。

弥平次は、がっかりする香織に微笑ましさを感じずにはいられなかった。

「待たせたな、親分……」

久蔵が現れた。

「それでは親分、ごゆっくり……」

「はい。失礼致しました」

香織は澄まし顔で挨拶をし、座敷を出て行った。

「早速だが、どうだったい」

「はい。お糸はあの裏店で三年前から一人暮らしを……」

弥平次は報告を始めた。

久蔵は黙って聞いていた。

弥平次の報告が終わった。

「……蓑吉か……」

「はい。半端な博奕打ちでしてね。お糸の他にも何人かの女がいて、金をせびっては遊び暮らしているひも野郎ですよ」

久蔵は微かに眉を顰めた。

「お糸にどんな理由があったのか知りませんが、どうして蓑吉なんかと……」

「そいつは俺に聞くまでもねえだろう」

「所詮、男と女ですか……」

「ああ。で、親分、蓑吉におかしなところはねえのかい」

「そいつはまだ何とも、ですが……」

「気になる事、あるのかい」

「ですから、もう少し……」

「調べてみるかい」

「ええ……」

昨夜、弥平次は奇妙な事に気がついた。自分の他に得体の知れぬ浪人が、博奕に興じる蓑吉の様子を窺い、嘲《あざけ》りの一瞥《いちべつ》を与えて賭場を出て行った。

弥平次はそれが気になっていた。

「へえーっ、そんな浪人がいたのかい」

「ええ、昨夜はあっし一人だったので……」

弥平次は賭場に居残り、博奕に負けた蓑吉が中間部屋で酒に酔い潰れるのを見届け、柳橋に帰ったのだ。

「別に何もなきゃあそれでいいんですが……」

「いや、面白そうじゃあねえか……」

老練な柳橋の弥平次が気になった浪人だ。叩けば埃の一つや二つ、舞い上がるのは間違いない。だが、仮にそうだとして、それがお糸の何になるのだ。

久蔵は不意にそう思った。だが、駆けつけて来た幸吉が、久蔵の懸念を打ち払った。幸吉は庭に膝を突いて、久蔵と弥平次が縁側に出てくるのを待った。

「どうしたい、幸吉」

「殺しです」

「殺し……」

「へい。若いお店者《たなもの》が、派手な半纏を着た野郎に刺されて……」

派手な半纏、蓑吉か……。

「派手な半纏、どんなやつだ」

「へい。背中に色弁天の絵が……」

蓑吉だ。

久蔵と弥平次は、唐突な出来事に驚いた。

蓑吉が人を殺した……。

「で、その色弁天の半纏野郎、どうした」

「すぐに逃げちまったそうで……」

「殺しの場所は何処だ」

「湯島の聖堂裏です」

「秋山さま……」

「うむ、色弁天の半纏に湯島か……蓑吉の野郎に間違いないな」

「はい。じゃあ……」

弥平次は幸吉を従え、慌ただしく久蔵の屋敷を後にした。若いお店者を殺したのは、おそらく蓑吉に間違いないだろう。だが何故、蓑吉は若いお店者を殺したのか……。

お糸の人生の歯車が、又一つ廻った。その歯車の廻った先にあるものが、お糸にとって幸せか不幸せなのかは、久蔵には分からなかった。

二

湯島聖堂は、儒学者林羅山《はやしらざん》が上野忍ケ岡に建てた私学舎であったが、元禄三年に五代将軍綱吉の命で湯島の地に移転された。神田川に面した南側が正面であり、東側に孔子を祀る孔子廟、西側に学舎が建つ。そこが、旗本御家人の師弟を教育する幕府の公的機関・昌平坂学問所だった。

湯島聖堂裏を中心に本郷・小石川・谷中一帯では、事件直後から自身番や辻番の番人たちが往来を見張り、役人や下っ引が色弁天の半纏を着た男を捜し廻った。

弥平次と幸吉は、湯島聖堂の東側にある昌平坂の途中に佇んだ。

若いお店者の死体は、既に番屋に運び去られていたが、地面はまだ血に濡れていた。

「ここで死んだのか……」

「へい。見た人の話じゃあ、色弁天の半纏野郎と若いお店者風が、坂の上から揉めながらやって来たそうです」

「坂の上は湯島の一丁目で神田明神、坂の下は神田川……」

「で、色弁天の半纏野郎は、ここでお店者を刺し殺して……」

「坂の上に逃げたか……」

弥平次は坂の上を見た。

昌平坂をあがると湯島一丁目の通りに出る。そこを左手二丁目に行くと神田明神社があり、尚も進むと賭場の開かれた旗本屋敷がある。そして、右手に行くと明神下となり、お糸の住む裏店があった。

蓑吉は賭場の帰りに若いお店者と揉め、昌平坂で刺し殺した……。

弥平次は幸吉をお糸の見張りにやり、蓑吉に殺されたお店者の身元を調べに番屋に急いだ。


明神下の裏店は、昼下がりの静けさに包まれていた。

幸吉は、弥平次に教えられたお糸の家を窺おうとした。だが、物陰に潜む人影に気がつき、慌てて木戸口に隠れた。

人影は浪人で、明らかにお糸の家を監視していた。

親分に見張るように命じられたお糸は、家にいる。そして、得体の知れない浪人が、そのお糸を監視している。

幸吉は戸惑いながらも木戸口に潜み、お糸と浪人の動きを見張った。


番屋には、定町廻り同心の神崎和馬が来ていた。

「おう、親分……」

和馬は、若いお店者の死体を調べていた。

「遅くなりました。如何ですか……」

弥平次は和馬の隣にしゃがみ、死体に手を合わせた。

「心の臓を一突き、慣れた手並みだよ……」

蓑吉は凶暴性を秘めている。弥平次は微かな寒気を覚えた。

「それで親分、仏は身元が分かるような物、何も持っていないんだよな」

「左様ですか……」

死体の様子は確かに大店の手代風だが、顔つきはとてもそうは見えなかった。

「……どう思う」

「はい……」

弥平次は死体の着物を大きく広げた。

左の脇腹に、刃物で切られた古傷があった。

「……随分古いな、匕首《あいくち》かな」

「きっと……」

弥平次は眉を顰め、右腕の袖を捲った。二の腕にやはり古い刃物傷があった。

どちらの古傷も、命の遣り取りをして受けた傷に違いなかった。

素人じゃあない……。

「親分、どうやら只のお店者じゃあないな」

「ええ……」

「よし、こいつを引き取りに来る奴を叩いてみるか……」

「はい。ですが引き取りに来るかどうか……」

死体を引き取りに来る者は、おそらくいないだろう。

「そうだな。脛に傷があり、只者じゃあないから殺されたのなら、わざわざ危ない真似《まね》をする奴はいないな……」

和馬は落胆振りを顔に出した。

正直な旦那だ……。

弥平次は苦笑した。

「旦那、こいつを刺した色弁天の半纏野郎、蓑吉って遊び人に違いありませんぜ」

「蓑吉だと……」

和馬の眼の色が変わった。

申の刻七つ。

不忍池の畔にある料亭『梅や』に出掛ける時刻だった。

お糸は仕度をし、裏店の自宅を出た。

物陰にいた浪人が、お糸を尾行していった。幸吉は、充分に間を取って二人を追った。

お糸は、明神下通りを不忍池に向かって進み、湯島天神の男坂と女坂の前を過ぎた。そして、お糸が切り通しの入口に差しかかった時、尾行していた浪人が一気に迫った。

幸吉が慌てて駆けつけようとした。だが、その肩を抑えた者がいた。幸吉が驚き、振り返った。久蔵がいた。

「秋山さま……」

久蔵は、お糸と浪人を見詰めたまま頷いた。

幸吉は、怪訝な面持《おもも》ちでやはりお糸と浪人を見た。

浪人はお糸の行く手を遮り、何事かを厳しく問い質《ただ》していた。だが、お糸は浪人の問いに答えず、逃げようとした。浪人はお糸を摑まえ、頰を張り飛ばした。

お糸が短い悲鳴をあげ、倒れた。

「幸吉、浪人をな……」

久蔵は幸吉に短く云い、お糸と浪人の元に走った。

浪人は驚き、駆け寄ってくる久蔵に抜き打ちに斬りかかった。

刹那、久蔵の刀が閃いた。

刃の嚙み合う音が、切り通しに甲高く響いた。そして、浪人の刀が、宙を飛んで切り通しの崖に突き刺さった。

「おのれ……」

浪人は来た道を逃げ戻った。物陰にいた幸吉が、素早く追っていった。

「大丈夫かい……」

「はい。危ない所をありがとうございました」

お糸は着物の汚れを気にしながら、久蔵に深々と頭を下げた。

「いや。気にする事はねえ。それより何なんだあの浪人」

「さあ……」

お糸は言葉を濁した。

浪人がお糸に対して、何事かを厳しく問い質していたのは間違いない。そして、お糸は逃れようとしていた。

何もない訳ではない……。

だが、お糸は言葉を濁した。

お糸は久蔵を怪訝に見上げた。

「あの、お侍さま、確か何処かで……」

「ああ、梅やでな……」

「あっ……」

お糸は思い出したようだ。

久蔵が客として『梅や』を訪れ、出逢っていたのを思い出した。その時の久蔵は、南町奉行所与力とは告げていなかった。

「よし。梅やに行くなら送っていくぜ」

「送って戴くなんて……」

お糸は少なからず慌てた。

「なあに、遠慮は無用だ」

久蔵はお糸の返事も聞かず、歩きだした。

お糸が慌てたように続いた。

久蔵は切り通しを抜け、『梅や』のある不忍池に向かった。

お糸が足早について来る。

決して離れ過ぎない距離を保ち……。

お糸は、男と一緒に歩き慣れている。

久蔵はそう思って振り返った時、お糸は控えめな笑みを見せた。


浪人は、湯島天神裏の切り通しから浅草に向かっていた。幸吉は、充分に間合いを取って浪人を尾行した。

金龍山浅草寺前の広小路を抜けた浪人は、吾妻橋の手前を左手に曲がり、隅田川沿いの花川戸町に入った。

花川戸の名の謂われは、隅田川の傍の地に桜の木と多くの戸、つまり家があったからだとされている。

浪人の目的地は近い……。

幸吉は間合いを詰め、いきなり路地に入っても対応できる態勢を取った。

やがて浪人は、花川戸町にある口入屋『萬屋《よろず》』に入った。

幸吉は路地に佇み、『萬屋』の表を見通した。

夕暮れの口入屋に、人の出入りは少なかった。

口入屋は、『人宿』『肝煎り宿』などとも呼ばれ、奉公口の周旋、仲介をする処である。浪人が口入屋を訪れたのは、お糸に接触したのが萬屋周旋の仕事だったからなのか、それとも単に仕事を探しにきただけなのか……。

四半刻が過ぎ、日はとっぷりと暮れた。

浪人は『萬屋』から出て来ない。

どうやら、仕事の周旋を頼みに来たのではないようだ……。

浪人の正体を突き止めるには、『萬屋』を調べる必要がある。

幸吉は行動を開始した。


お店者の死体を引き取る者は現れず、色弁天の蓑吉の行方も分からないままだった。

和馬は下っ引を従え、自身番や木戸番を駆け巡っていた。

托鉢坊主の雲海坊は、経とも思えぬ唸り声をあげて神田明神裏の妻恋坂をあがった。妻恋坂の上には、旗本屋敷が連なっている。その中には、賭場を開く中間部屋のある旗本屋敷があった。蓑吉の通う賭場だ。

弥平次は、蓑吉が網にかからない理由を考えた。

目撃者の証言で網を敷いたのは、いつもより早かった筈だ。蓑吉はそれ以前に網の外に出たのか、それとも何処かに隠れ潜んだ。

弥平次は様々な可能性を考えた。

仮に隠れ潜んでいるなら、そこは蓑吉にとって一番安全な場所だ。それは、町奉行所の手の及ばない武家地か、寺社奉行所の支配する寺か神社に違いない。辺りにある神社仏閣は、神田明神と湯島天神だが、蓑吉が隠れ潜むには参詣客で賑やか過ぎた。

残るのは武家地、武家屋敷……。

殺しの現場の昌平坂に近い場所……。

蓑吉が隠れ潜んでいる場所は、賭場が開帳される旗本屋敷の中間部屋……。

弥平次は、中間部屋で賭場を開く旗本屋敷に狙いを定め、托鉢坊主の雲海坊を呼んだ。

雲海坊は妻恋坂をあがった。

あがり切った処に、蓑吉が潜んでいると思われる旗本屋敷があった。そこは、旗本四百石小普請《こぶしん》組岡村市之丞《おかむらいちのじょう》の屋敷だった。

岡村屋敷の前には、夜鳴蕎麦屋が屋台を開いていた。弥平次に指図された長八だった。

雲海坊は経を読みながら辺りの様子を窺い、長八の屋台で蕎麦を食べた。

「出入り、どんな風です」

「今夜は賭場は立たないようだよ」

賭場が開帳されなければ、人の出入りは少なくて見張りは容易《たやす》い。

雲海坊は、長八の屋台の後ろの暗がりに潜み、岡村屋敷の人の出入りを見張った。

板前だった長八は、酒で身を持ち崩して野垂れ死にを仕かけた。その時、弥平次に救われ、夜鳴蕎麦屋の元手を出して貰って生業《なりわい》となし、手先として働き始めた。

雲海坊も似たような過去を持ち、弥平次の手先を務めていた。弥平次の手先は、長八や雲海坊の他にも何人かおり、普段はみな本業を営んで暮らしていた。その本業の元手の全ては、弥平次が出したものであった。

長八は、蕎麦を食べにくる辺りの屋敷の中間やお店者に何気なく探りをいれ、見張りを続けた。雲海坊の出番は、岡村屋敷から色弁天の蓑吉が出て来るか、不審な者が現れた時だった。

　雲海坊は、長八の屋台の裏の暗がりで転寝《うたたね》をしながら出番を待った。


　お糸は忙しく働いた。

　久蔵は僅かな酒を楽しみ、『梅や』を後にした。

　忙しく酒や肴を運ぶお糸が、店を閉める戌の刻五つ半まで自ら動く心配はない。

『梅や』を後にした久蔵は、池之端から下谷《したや》広小路と御徒町を抜け神田川に出た。

　そして、神田川の左衛門河岸を柳橋に向かった。

　柳橋には船宿『笹舟』がある。船宿『笹舟』は、女将のおまきの死んだ父親が開いた店だった。十年前、行かず後家だったおまきは、やはり独身だった岡っ引の弥平次に惚れ、入り婿に望んだ。そして弥平次は、『笹舟』の旦那に納まった。


　久蔵はおまきに迎えられ、弥平次の居間に案内された。

　弥平次の居間には、何十枚もの人相書が広げられていた。

「こりゃあ秋山さま……」

　弥平次は、慌てて人相書を片づけようとした。

「構わねえよ」

「でしたらおまき、秋山さまをお座敷に……」

「親分、随分溜め込んだもんだな……」

久蔵は構わず数枚の人相書を手に取り、その空いた場所に座った。

「は、はい。あっしが十手を預かりましてからお奉行所に戴いたものでして……。おまき、酒だ」

「はい、すぐに……」

おまきは微笑み、襖を閉めた。

「何か気になる事でもあったのかい」

「ええ、殺されたお店者ですが、身体に古傷が幾つかありましてね」

「成る程、それで人相書かい」

「ええ、ひょっとしたらと思いましてね……」

「だったら明日、奉行所のも調べてみるか」

「秋山さま……」

弥平次は一枚の人相書を見詰め、久蔵に声をかけてきた。

「どうやらそれには及ばないようです……」

「いたのかい」

「はい、おそらくこの野郎です……」

弥平次は人相書を渡した。

人相書に描かれていた似顔絵は、蓑吉に刺し殺されたお店者に似ていた。

「こいつかい……」

「ええ、瓜二つです」

「……盗賊土蜘蛛《つちぐも》の竜吉《たつきち》一味、手引きの平助《へいすけ》。盗賊の手下か……」

「ええ、手引きの平助、大店に奉公人として潜り込み、中から盗賊を手引きする……」

昌平坂で殺されたお店者風の男は、盗賊の一味だった。

「って事はなにかい、今度の殺し、盗賊の一味が絡んでいるのか……」

「きっと……」

「親分、頭《かしら》の土蜘蛛の竜吉の似顔絵、あるかい」

「手下のがあるぐらいですから……」

弥平次は似顔絵を調べた。

「ありました。こいつですぜ……」

弥平次は古い人相書を久蔵に差し出した。

古い人相書には、右頬に刀傷のある土蜘蛛の竜吉の顔が描かれていた。

「土蜘蛛の竜吉か……」

「秋山さまは、竜吉も今度の事件に関わりがあるとお思いですか」

「ああ……」

昌平坂の殺しは、盗賊が絡む意外な展開を見せてきた。

平助を殺した色弁天の蓑吉は、おそらく盗賊と何らかの関わりがあるのだ。

おまきが酒と肴を運んできた。

「探し物は見つかったのですか」

「ああ、あったよ」

「そりゃあようございましたね」

おまきは久蔵と弥平次に酒を酌し、忙しく居間を出て行った。舟遊びの客が、そろそろ帰って来る時刻だった。

久蔵は、弥平次にお糸が襲われた事と、幸吉が浪人を追ったのを伝えた。

「ついてねえ女だ……」

久蔵が酒を飲みながら呟いた。

「お糸ですか……」

「ああ、亭主は勾かしの咎人《とがにん》として死に、男は人殺し……」

「毎日、どんな思いで暮らしているのか……」

「きっと精一杯だろうさ……」

「辛さや哀しさを忘れる程に……」

「ああ、無我夢中でな……」

迷ったり振り返ったりしていたら、生きてはいけない。無我夢中で暮らし、疲れ果てて眠るしかない。

久蔵の脳裏に、控えめに笑うお糸の顔が泡沫《うたかた》のように浮かんで消えた。

幸吉が帰って来た。

「御苦労だったな。ま、一杯やりな」

久蔵は幸吉に酒を勧めた。

「こいつは勿体ない。いただきます」

幸吉は久蔵に注いで貰った酒を啜った。

「で、浪人、何処の何者だったい」

「へい。口入屋の用心棒でした」

「口入屋の用心棒……」

「幸吉、何処の口入屋だい」

弥平次が眉を顰めた。

「花川戸の萬屋です」

「萬屋……」

「親分、知っているかい」

「いいえ、花川戸辺りの口入屋は、ざっと知っている筈なんですが……」

弥平次は首を捻った。

「親分、萬屋は去年の暮れ、旦那の亡くなった東雲屋《しののめ》から口入屋の株を買い取り、萬屋と名を変えて商いを始めたそうです」

「あの東雲屋の後の店か……」

「へい。主の名前は仁兵衛《にへえ》。店は余り繁盛していないそうですよ」

「そんな口入屋が用心棒か……」

「へい。名前は清水源八郎……」

「秋山さま、その口入屋、詳しく調べる必要がありますね」

「ああ、御苦労だが、頼むぜ」

「お任せを……」

「じゃあ俺はそろそろ梅やに戻るぜ」

久蔵は『梅や』に戻り、お糸が家に帰るのを見届けるつもりだった。

「秋山さま、それならあっしが……」

「幸吉、ありがてえが、こいつは俺がやるよ」

久蔵は弥平次とおまき夫婦や幸吉に見送られて『笹舟』を出て、不忍池に向かっていった。

「秋山さまは随分と気を入れられているんですねえ」

「おまき、秋山さまは昔、お糸の亭主を斬り棄てたんだよ」

おまきは驚いた。

「もっとも、両替商の若旦那を勾かした挙句、殺した浪人だったがな……」

「じゃあ、そんなに苦にされなくても……」

「そうはいかないのが、秋山さまだよ……」

久蔵の後姿は、夜の闇に溶けるように消えていった。


戌の刻五つ半。

お糸は『梅や』での仕事を終え、朋輩《ほうばい》と一緒に帰路についた。

久蔵は暗がり沿いにお糸を追った。

お糸は切り通し坂下町で朋輩と別れ、何事もなく明神下の長屋に戻った。そして、木戸口で立ち止まり、長屋の様子を窺った。長屋は寝静まっていた。

危険はない……。

お糸はそう見定め、暗い自宅の腰高障子を静かに開け、中に入っていった。

久蔵は物陰で見守った。

やがて、お糸の家から行燈の灯りが洩れた。行燈の灯りは、小さいものであったが、淡い温かさを感じさせた。

家の中に蓑吉はいなく、異常もなかったのだ。


「お前さん……」

お糸は呼びかけるように呟き、行燈の傍に座り込んだ。

蓑吉は今、危険な状態に追い込まれている。

襲った浪人は、蓑吉の行方を厳しく問い質してきた。

知らない。何処にいるかなんて知らない。本当に知らない……。

あの時、お糸は正直に答えた。

何をしたのさ、お前さん……。

お糸は蓑吉の身を案じた。

追い詰められた蓑吉は、必ず自分に助けを求めてくる筈だ。

助けなければならない。たとえ悪事を働いたにしても、助けてやらなければならないのだ。

蓑吉が頼れる者は、自分しかいないのだから……。

お糸はそう信じていた。


三年前、お糸の夫・島崎清一郎は、勾かしの下手人として役人に斬られて死んだ。直後、お糸は虚脱状態に陥り、我に返って激しく混乱し、やがて哀しみに打ちのめされた。

貧乏浪人の子に生まれたお糸は、十歳の時に年季奉公に出された。そして、様々な仕事に就いて苦労を重ね、父親と同じ浪人の島崎清一郎と所帯を持った。島崎清一郎は甲斐性のない不器用な男だが、優しく温かかった。

島崎への想いは、残された幼子が流行病で急死すると共に募《つの》り、お糸を死に誘った。そして、お糸は隅田川に身を投げ、蓑吉に助けられた。

お前さん……。

お糸は、淡く滲んだ行燈の灯りを消した。


久蔵はその後一刻ほど辺りを警戒し、何事もないと見定めて八丁堀の屋敷に戻った。

神田川に架かる昌平橋を渡り、八ッ小路から須田町、神田鍛冶《かじ》町、室町を抜けて日本橋に差しかかった。

日本橋の架かる日本橋川は、月明かりに川面を揺らし、煌めかせていた。

お糸の控え目な笑顔が、行く手の暗がりに不意に浮かんで消えた。

まるで泡沫のように……。

三

長八の屋台は繁盛していた。

近所の武家屋敷の中間小者たちが、次々と訪れて蕎麦を啜りながら噂話に花を咲かして帰っていった。

中間の中には、岡村屋敷の者もいた。岡村屋敷の中間たちは、他家の者たちに比べて柄も品も悪く、岡村家の家風を窺わせた。

長八は岡村屋敷の中間たちに話しかけ、蓑吉の存在を確かめようとした。だが中間たちは、口止めされているのか蓑吉の名前を出す事はなかった。

一筋縄でいく連中じゃあない……。

長八は、暗がりに蹲《うずくま》っている雲海坊と顔を見合わせて苦笑した。

客が途切れた時、岡村屋敷の潜り戸が僅かに開き、中間が顔を出して辺りを窺った。

「雲海坊……」

長八が雲海坊を呼んだ。緊張が込められていた。

雲海坊は暗がりで身構え、開いた潜り戸を見詰めた。

派手な半纏を着た男が、潜り戸から忍び出て来た。

「野郎だ……」

長八は、丼を洗いながら雲海坊に囁いた。

「ああ、色弁天の蓑吉に違いねえ……」

色弁天の蓑吉は、弥平次の読みの通りに岡村屋敷に隠れていた。

蓑吉は中間に見送られ、色弁天の絵柄の半纏を翻して足早に屋敷から離れた。

「長八さん、じゃあな……」

雲海坊は漸《ようや》く出番がきたのを喜び、音もなく暗がりを移動して消えた。

蓑吉は小走りに進み、夜の闇にすぐに消え去っていった。黒い影が、蓑吉の消えた闇を横切った。雲海坊だった。

長八は、雲海坊が蓑吉の尾行を開始したのを見届け、夜鳴蕎麦屋の屋台を片づけ始めた。


『萬屋』の座敷には、煙草の煙が満ち溢れ、行燈の灯りに揺れていた。

主の仁兵衛は、染みる煙に眼を瞬かせた。土蜘蛛の竜吉は、苛立たしげに煙を吐き出し、銀煙管の雁首を煙草盆に叩きつけた。甲高い音が短く鳴った。

「仁兵衛、蓑吉の女、お糸と云ったな……」

竜吉はかすれた声で仁兵衛を一瞥《いちべつ》した。

「へい……」

「そのお糸は、蓑吉の野郎が何処に隠れているのか、本当に知らないのか」

「へい、清水さんが問い質したんですが、蓑吉の行方は知らねえと……」

用心棒の清水源八郎は、お糸拉致の失敗を隠していた。

「くそったれが……」

漂う煙に包まれた竜吉の右頬には、憎しみと古い刀傷が浮かんでいた。

「仁兵衛、蓑吉の野郎、何処で平助を殺したんだ」

「本郷は湯島聖堂の傍の昌平坂で……」

「本郷……」

「へい。平助は蓑吉を見つけて以来、女や出入りしている賭場を調べあげ、いずれは捕まえてお頭の元にと……」

平助は蓑吉の身辺を密かに調べていた。だが、蓑吉に感づかれ、殺されたのだ。

「調べるなんて面倒な真似をしねえで、さっさと捕まえりゃあ良かったんだ。仁兵衛、江戸はお前に任せてあるんだ」

「へい。申し訳ありません……」

竜吉は銀煙管に煙草を詰め、苛立たしく煙を吐き出した。

「……蓑吉の野郎、必ず殺してやる……」

土蜘蛛の竜吉は、常陸《ひたち》水戸から江戸までの三十里を来る間、それだけを考えていた。

水戸城下で料亭を営む竜吉は、水戸藩領外でだけ押し込みを働く盗賊だった。竜吉は手下を率い、水戸藩周辺の笠間、下館、棚倉、守山などの各藩、そして江戸などを荒らしては、水戸藩領内に逃げ込んでいた。水戸中納言家は将軍家御三家の一つであり、他藩は探索の申し入れを遠慮した。

他藩の領地で盗賊働きをしても、水戸藩領内で真っ当な料亭を営み、役人に少々多目の運上金を払っている限り、竜吉は安穏だった。

四年前、竜吉の料亭に流れ板が草鞋を脱いだ。流れ板は蓑吉だった。

板場で働き始めた蓑吉が、竜吉の一人娘のお花と懇《ねんご》ろになるのに時間はかからなかった。

蓑吉とお花は、竜吉の眼を盗んで愛欲に耽《ふけ》った。竜吉がその事実に気がついた時、蓑吉は店の金を持ち出し、お花を棄てて逃げた。

お花は弄《もてあそ》ばれた。

激怒した竜吉は追手をかけ、お花は悲嘆にくれて病の床についた。お花は病床で泣き暮らし、その命を縮めていった。

竜吉の探索にもかかわらず、蓑吉の行方は分からなかった。そして、お花は蓑吉の名を呼びながら十七年の歳月を終えた。

お花は蓑吉に殺された……。

竜吉の恨みは、激しく燃え上がった。

四年が過ぎ、待ちに待った報せが、江戸にいる小頭《こがしら》の仁兵衛から届いた。

蓑吉を見つけた、との報せだった。

竜吉は水戸街道を江戸に急いだ。

必ず蓑吉を殺してやる……。

竜吉はそれだけを念仏のように呟き、江戸への三十里を急いだ。

念仏のような呟きは、竜吉の右頰の古い刀傷を醜く引き攣《つ》らせた。


浅草花川戸の『萬屋』は、朝だというのに静かだった。

朝の口入屋は、日雇い仕事を求める人々で賑わう。だが、何故か『萬屋』に人は集まっていなかった。

「妙ですね……」

幸吉は首を捻った。

「日雇い仕事は扱っちゃあいないようだな」

弥平次と幸吉は、『萬屋』からお糸を襲った清水源八郎が現れるのを待った。

弥平次は疑問を抱いた。

『萬屋』の店構えで、日雇い仕事を扱わない口入屋はない。

只の口入屋じゃあない……。

疑問は募った。

弥平次と幸吉が張り込んでから、数人の男たちが『萬屋』に入っていった。男たちからは、仕事を探している切迫感は窺えなかった。

『萬屋』は口入屋の裏で何かしている……。

弥平次の直感が囁いていた。

「それにしても親分、雲海坊、どうしたのでしょうね」

昨夜遅く、夜鳴蕎麦屋の長八が『笹舟』を訪れ、色弁天の蓑吉がやはり岡村屋敷の中間部屋に隠れていた事実を報せた。そして蓑吉は岡村屋敷を出て、雲海坊が尾行したと告げた。

蓑吉をお縄にできる……。

弥平次と幸吉は、いつでも出掛けられる仕度をして、雲海坊からの報せを待った。だが、夜が明けても、雲海坊からの報せはなかった。

「まさか、後をつけているのが、蓑吉にばれちまって……」

「危ない真似はしないさ」

普段から弥平次は、手先たちに危険な真似はするなと口煩く云っている。

「そうですよね……」

幸吉は自分を納得させるように答えた。


半刻が過ぎた。

「親分……」

幸吉が囁いた。

浪人の清水源八郎が、入っていった男たちと一緒に出て来た。

「あの浪人が清水源八郎か……」

「へい」

清水は男たちと、『萬屋』を後にして隅田川沿いの道を南に向かった。

弥平次と幸吉は密かに追った。

清水と男たちは、吾妻橋の西詰から浅草広小路を抜け、西に向かった。

「親分、このまま行けば、上野不忍池ですよ」

「ああ、奴らの行き先は、おそらく明神下のお糸の処だ」

「どうします」

「俺がつける。お前は先回りをしてお糸を連れ出しておけ」

「へい。心得やした」

幸吉は猛然と路地裏を駆け去った。

清水と男たちは、下谷広小路から湯島天神裏門坂通りに進んだ。この先にある小笠原三郎右衛門の屋敷の手前を左に曲がると明神下の通りとなり、お糸の暮らす長屋がある。

行き先は、やはりお糸の処……。

弥平次は先を急いだ。


幸吉が明神下の長屋に着いた時、お糸は洗濯物を干し終えていた。

清水たちが来る前にお糸を連れ出す……。

幸吉は弾む息を整え、長屋の木戸を潜ろうとした。

「幸吉……」

木戸の陰から久蔵が現れた。
「秋山さま……」
幸吉は驚き、そして安堵し、久蔵に事の次第を報告した。
お糸は既に幸吉が匿《かくま》った筈だ……。
弥平次は木戸口に潜み、事の成り行きを見守った。
浪人の清水が、お糸の家の戸を乱暴に開けた。
刹那《せつな》、閃きが瞬き、清水は首のつけ根に激しい衝撃を受けて大きく仰《の》け反《ぞ》った。
男たちは、仰け反って倒れ込む清水の身体を受け止めた。清水は気を失っていた。
男たちは狼狽し、気を失った清水を連れて表に出た。
弥平次は意外な展開に動揺した。
刀の峰を返した久蔵が、嘲笑を浮かべてお糸の家から現れた。
秋山さま……。
弥平次は安心し、苦笑した。
男たちは素早く匕首を抜き払い、無言のまま久蔵を取り囲んだ。

「何の用だい……」

男たちは返事をせず、じりじりと久蔵との間合いを詰めた。

殺し合いの玄人……。

「ふん、流石は萬屋だ。手馴れた奴らを集めたようだな」

男たちが、〝萬屋〟という言葉に反応し、狼狽した。

瞬間、久蔵が身を翻し、刀を閃かせた。

同時に弥平次が飛び出し、十手を唸らせた。南町奉行所与力秋山久蔵は、悪党への容赦も遠慮も持ち合わせていない。

男たちは、必死に匕首を唸らせた。だが、それは無駄な足掻《あが》きだった。久蔵の心形刀流《しんぎょうとうりゅう》は、男たちの手足の骨を折り、砕いた。男たちが、久蔵と弥平次に叩きのめされるのに時はかからなかった。

「秋山さま、お糸は……」

「幸吉が笹舟に連れて行ったぜ」

「そいつは上出来だ」

和馬と定町廻り同心の大沢欽之助《おおさわきんのすけ》が、捕り方を従えて駆けつけて来た。

「秋山さま……」

「良く来た、大沢、和馬」

「はい。運良く幸吉に逢いまして……」

「よし。大沢、こいつらを大番屋に叩き込め」

「心得ました」

「親分、和馬、花川戸に行くぜ」

久蔵は足早に木戸口を出た。弥平次と和馬が続いた。

『萬屋』が清水たちの始末を知り、どう出るか分からない。もし、盗賊土蜘蛛の竜吉と関わりがあるなら、すぐに江戸から逃げ出すのに違いはない。

久蔵はそれを恐れ、花川戸の『萬屋』に急いだ。


内藤新宿は、品川、千住、板橋と共に『江戸四宿』と称され、甲州街道と青梅街道の出入口として人と物が往来し、土埃が舞い立つほどに賑わっていた。

托鉢坊主の雲海坊は、甲州街道と青梅街道の分岐点である追分、子育稲荷重宝院裏の家の見張りを続けていた。

昨夜、色弁天の蓑吉は、岡村屋敷を出てから西に向かった。そして、托鉢坊主の雲海坊の尾行に気づかず、傳通院に出てから南に進み、四ッ谷・内藤新宿にやって来たのだ。

蓑吉が内藤新宿に着いたのは、夜明け近くだった。蓑吉は内藤新宿上町追分に入り、玉川上水分水を背にした一軒の家の様子を窺い、嘲笑を浮かべて軒下に蹲り、色弁天の半纏を頭から被った。

雲海坊は物陰に潜み、蹲った蓑吉を見張った。

不思議な事に蓑吉は、軒下に蹲ったまま動く気配を見せなかった。

蓑吉の行動を読めない限り、下手な動きは出来ない。

雲海坊は、蓑吉の動きを見定めようとした。

寅の刻七つ半。

東の空に明るさが滲み始めた。

蓑吉が軒下に蹲る家の格子戸が開き、大店の主風の初老の男が、寝乱れた姿の若い女に見送られて現れた。

初老の旦那は、寝乱れた姿の若い女の股座《またぐら》に手を入れて囁いた。若い女は淫靡《いんび》に笑い、豊満な乳房を露わにして身をくねらせた。

若い女は、どうやら初老の旦那の妾・囲われ者のようだ。

やがて初老の旦那は、若い女に見送られて帰っていった。

若い女が、格子戸を閉めようとした時、軒下に蹲っていた蓑吉が動いた。

蓑吉は若い女に続いて家に入り、後ろ手に格子戸を閉めた。驚いた若い女が、悲鳴をあげようとした。だが、若い女の悲鳴はあがらなかった。

若い女は男が蓑吉だと気づき、その顔を驚きから喜びに変えた。

知り合い……。

蓑吉と若い女は、絡み合いながら家の奥に消えていった。

蓑吉と若い女は、どういう関わりなのだ。そして、蓑吉はこれからどうするつもりなのだ。それを突き止めなければならない。

雲海坊は忙しく動き始めた。


『萬屋』は店を開け、仕事の周旋を頼む人が訪れていた。主の仁兵衛が、帳場でそうした人々の相手をしていた。

清水たちの事は、まだ知られていない……。

「秋山さま、奉行所に人を走らせ、人数を揃えますか」

和馬は、『萬屋』の中にいる人数を心配した。

「いいや、そんな暇はねえ。ここは三人で踏み込むしかあるめえ」

久蔵はことが洩れるのを恐れた。

「じゃあ秋山さま……」

「ああ、俺が表から行く。親分と和馬は裏から踏み込んでくれ」

「心得ました。じゃあ和馬の旦那……」

「うん」

弥平次と和馬は、通りを迂回して『萬屋』の裏手に廻っていった。

久蔵は『萬屋』を見据えた。仕事の周旋を頼む人が店を出て、主の仁兵衛だけになった。

今だ。

久蔵は動いた。

「いらっしゃいませ……」

仁兵衛が愛想笑いで迎えた。

「お前が主の仁兵衛だな」

久蔵の頬に嘲笑が浮かんだ。

危険を察知した仁兵衛が、慌てて奥に走り込もうとした。

久蔵が土間を蹴り、仁兵衛に飛びかかった。

仁兵衛が振り向き、匕首を横薙ぎに払った。久蔵は素早く躱《かわ》し、仁兵衛の足を払った。仁兵衛が顔から床に倒れ込んだ。派手な音が轟いた。

「どうした」

奥から男の怒声が響いた。

仁兵衛は、鼻血を滴らせながら立ち上がろうとした。久蔵の蹴りが、仁兵衛の顎を鋭く蹴り上げた。仁兵衛は大きく仰け反り、壁に後頭部を激突させて気絶した。

奥で和馬の声が響いた。

久蔵は奥に走った。


奥の座敷には、煙草の煙と匂いが満ち溢れていた。

和馬と弥平次が、二人の若い男に庇われた初老の男と対峙していた。初老の男の右頬には、古い刀傷があった。

「土蜘蛛の竜吉かい……」

「どうやらそのようですよ」

十手を構えた弥平次が、厳しい眼差しとは裏腹の軽い口調で応じた。

「面白え……」

竜吉の手下と思われる二人の若い男が、長脇差を振るって逃げ道を造ろうとした。弥平次と和馬は素早く躱し、二人の手下の顔を十手で殴り飛ばした。

「逃げられはしねえ。大人しくするんだな」

久蔵は竜吉に笑顔を向けた。

「お前さん、誰なんだい……」

竜吉は虚を突かれ、間の抜けた返事をした。

「俺かい、俺は南町奉行所の秋山久蔵って者だよ」

「お前さんが剃刀かい。噂は聞いていたよ」

「だったら大人しくするんだな。俺は髷だけ斬り飛ばすような器用な腕、持ち合わせちゃあいねえ」

久蔵は峰に返していた刀を元に戻した。

抗《あらが》えば容赦なく斬り棄てる……。

刃に閃いた輝きが告げた。

竜吉の背筋を寒気が貫いた。寒気は恐怖に変わり、竜吉の身体を縮めた。

「わ、分かった。その代わり、平助を殺した蓑吉の野郎、必ず磔獄門《はりつけごくもん》にしてくれるかい」

「蓑吉に恨み、あるのか……」

「ああ、四年越しの恨みだ……」

「ふん。その恨み、奉行所でゆっくり聞かせて貰おう。和馬」

和馬は捕縄を操り、手際よく竜吉を縛り上げ、引き立てた。

「親分、残るは蓑吉の野郎だな」

「はい。そろそろ雲海坊から何か報せがある筈です……」

久蔵は、弥平次の睨みに頷いた。


久蔵たちが南町奉行所に戻った時、弥平次の睨み通り雲海坊の使いの者が駆けつけてきた。

内藤新宿追分重宝院裏……。

そこに蓑吉はいる。

久蔵は弥平次と内藤新宿に急いだ。


重宝院裏の家は、雨戸を閉めたまま静まり返っていた。

「蓑吉、あの家に入ったままなのか」

「はい。女の名はお加代《かよ》、歳は二十歳。妾稼業で、今は四ッ谷麴町《こうじまち》の呉服屋の旦那に囲われています」

雲海坊は、お加代の家を見張りながら調べた事を報告した。

「蓑吉、そのお加代と出来ているのかい……」

久蔵が家を見詰めたまま尋ねた。

「そりゃあもう、雨戸も閉めっ放しで……間違いありませんよ」

蓑吉の女は、お糸の他にもいた。

久蔵は、お糸の控え目な笑顔を思い出した。蓑吉にとってお糸は、小遣いをせびる年増女でしかないのだ。

久蔵の胸に重苦しさが湧いた。

「秋山さま……」

弥平次の緊張した声が、久蔵の脳裏に浮かんでいたお糸の控え目な笑顔を消した。

久蔵は弥平次の視線の先を追った。

蓑吉とお加代が、旅姿で家から出て来た。

「手に手を取って江戸から逃げる魂胆ですぜ」

雲海坊の睨みの通りだ。

内藤新宿追分は、甲州街道と青梅街道の分岐点であり、江戸から逃げるには都合が良い場所だ。

「まるで駆け落ちですね」

「雲海坊、そんな甘いもんじゃあない。蓑吉のような野郎は、お加代を連れ出し、いずれは宿場女郎に売り飛ばして金にするだけさ」

おそらく弥平次の読み通りなのだ。

女を食い物にする汚い悪党……。

それが蓑吉の正体なのだ。

蓑吉とお加代は、追分の高札場前を通って甲州街道に向かった。

「何処でお縄にしますか」

「今、ここでやるさ……」

久蔵は無造作に蓑吉を追った。

「雲海坊……」

弥平次は雲海坊を連れ、素早く蓑吉とお加代の前に廻り込んだ。

咄嗟に事態を把握《はあく》した蓑吉は、お加代を弥平次に突き飛ばして身を翻した。刹那、蓑吉の顔が歪んだ。久蔵の一撃だった。顔を殴られた蓑吉が、往来に叩きつけられ土埃を巻き上げて転がった。

「蓑吉、平助殺しでお縄にするぜ……」

蓑吉の脅えた眼が、迫る久蔵を見上げた。

久蔵の蹴りが、蓑吉の脇腹に音をあげて食い込んだ。蓑吉は苦しげに呻き、その身体は宙に浮いて落ちた。

久蔵の顔は蒼白い能面と化し、静かな憤怒を滾《たぎ》らせている。

「や、止めてくれ……」

蓑吉は顔を血と涙と鼻水で汚し、久蔵に懸命に哀願した。だが、久蔵は無言のまま蓑吉を痛め続けた。

お糸の控え目な笑顔が、一撃を与える度に浮かんでは消えた。

「止めて、殺す気かい、死んじまうよ」

お加代が悲鳴をあげた。

「こうしなきゃあ、いずれお前が食い物にされ、殺されちまうんだよ」

雲海坊が、暴れるお加代を押さえつけた。

意識を失った蓑吉は、泥人形のように汚れて往来に転がっていた。

「秋山さま、そのぐらいにしましょう……」

弥平次の落ち着いた声は、久蔵の怒りを漸く鎮めた。


西に傾いた日差しは神田川を煌めかせ、行き交う舟を黒く滲ませていた。

久蔵はお糸に事の顚末を教えた。

「蓑吉が人を殺した……」

「ああ……」

「それで、何処に隠れていたのですか」

「役人や盗賊の手が及ばねえ旗本屋敷の中間部屋だよ」

「お縄になったの、確か内藤新宿だと……」

「ああ、甲州街道に出る寸前にお縄になった」

「そうですか……」

蓑吉は、お糸に黙って江戸から出て行こうとした。

知らなかった……。

お糸に哀しみも虚しさもなかった。

「……どんな女ですか」

久蔵は微かに狼狽した。

「女……」

「はい。蓑吉、女がいなきゃあ何も出来ない。だからきっと、江戸を出るのも女と一緒だと……そうなんでしょう」

お糸の確信は乾いていた。

「どうして蓑吉と関わり、持ったんだ」

「……優しかったんです」

「優しかった。それだけでかい……」

「夫と子に死なれ、身投げをしようとした時、優しくされたら……この人の為に生き続けてみようと思った……」

「金をせびるだけの奴でもかい……」

「ええ……誰でも良かった。たとえ苦労をしようが、辛い思いをしようが……それが、生きている証になるなら……」

「お糸……」

「人殺しも、きっと女絡み……蓑吉が汚いどぶ川なら、私は浮かんでは消える泡沫……」

泡沫……。

その時、久蔵はお糸の心の底を覗いた。

だが、お糸の心の底は、何処までも続く暗闇であり、他人を寄せつけなかった。

「お糸、南町奉行所の秋山久蔵って与力、知っているかい」

久蔵は、お糸の底知れぬ暗闇に火をつけようとした。

たとえ、夫を斬り棄てた者への憎しみの炎でも火は炎であり、明かりなのだ。

「秋山久蔵さま……」

「ああ。名前、聞いているかい……」

「……聞いていませんが、お侍さまが秋山久蔵さまなのですね」

「そうだ、俺が秋山久蔵だよ」

お糸は久蔵を見詰めた。

「そうですか、お侍さまが秋山久蔵さまでしたか……」

夕陽に赤く照らされてお糸が、微かな笑みを浮かべた。

「所詮、どぶ川に浮かんで流れ、弾けて消える泡沫。次はどんなどぶ川に浮かぶのか……」

哀しさも悔しさもなく、乾いた虚しさだけがあった。
「じゃあ、私はこれで……」
お糸は久蔵に深々と頭を下げ、柳橋を渡っていった。
泡沫……。
久蔵は呟いてみた。
神田川沿いの道を去っていくお糸の姿は、夕陽に赤く染まって輝き、不意に消えた。
まるで泡沫のように……。

第三話

鬼　女

一

卯月《うづき》――四月。

灌仏会《かんぶつえ》・花祭りも終わり、藤の花や牡丹《ぼたん》の季節になった。

日本橋室町二丁目にある呉服屋『和泉屋《いずみや》』は、夏の着物をあつらえる客で賑わっていた。

着物を選ぶ客の中には、南町奉行所与力秋山久蔵の亡き妻の妹・香織と秋山家の奉公人お福もいた。

香織とお福は、それぞれの着物の反物を選び終わり、茶を飲んでいた。

「お福、あの柄、本当にいいわよ。仕立てあがりが楽しみね」

「お嬢さま、私まであつらえて戴けるなんて、何と申していいのやら……」

「いいのよ。義兄上が、お福の着物も見立ててやれ、と仰ったのですから……」

「ありがたいことにございます……」

お福は鼻水を啜《すす》り、零れる涙を拭った。

「あらあら、お福、皆に私が泣かしたと思われるわ」

香織は慌てた。

「あら、ま。それは困ります。私はありがたくて……皆さま、私の涙は嬉し泣きにございます。決してお嬢さまのお叱りを受けての事ではございません。くれぐれもお間違えになられぬよう、お願い申しあげます」

正直で素朴なお福に、客たちは微笑んで頷いた。

白檀《びゃくだん》の香りが漂った。

香織が気づいた時、『和泉屋』のお内儀・お京《きょう》が二人に茶のお代わりを持ってきた。

「お客さま、お茶のお代わり、どうぞ……」

白檀の香りは、お茶を取り替えるお京から漂っていた。

「ありがとうございます」

「和泉屋のお内儀のお京にございます。この度はお引き立て戴きまして、お礼申しあげます」

お京は美しい笑顔で頭を下げた。白檀の香りが、甘く優しく漂った。

与平は湯呑茶碗の酒を美味《うま》そうに啜《すす》り、にやりと久蔵に笑いかけた。

「美味いか」

「へい、おてんとうさまの下で、久蔵さまと一緒に飲む酒は格別にございます……」

「そりゃあ良かった。ま、楽にして心ゆくまで呑んでくれ」

久蔵は与平の湯呑に酒を注いだ。

「こりゃありがとうございます」

「なあに、たまには与平と飲みたくなってな」

「それにしても久蔵さま。お福にまで着物をあつらえてくれるなどと、勿体ないことにございます」

「なに云ってんだい。雪乃が死んでから何から何まで、与平とお福に任せっ切り。礼を云うのはこっちの方だ。次は与平、お前の着物だな」

「久蔵さま、私は着物より、弥平次親分の店の美味い酒と肴で舟遊びがいい……」

「綺麗どころを侍《はべ》らせてかい」

「へい。お福に内緒で、うしししし……」

与平は両目を深い皺《しわ》に隠し、涎《よだれ》を垂らして嬉しげに笑った。

久蔵の屋敷は、香織が暮らすようになって変わった。久蔵の妻・雪乃が病死する以前のように明るくなり、奉公人の与平とお福夫婦も生き返ったように元気になった。

雪乃の腹違いの妹・香織は、笠井藩目付だった父親北島兵部が乱行の若さまに諫言して斬られたあとで、義理の兄である久蔵に引き取られた。そして、久蔵の助力で父親の仇を討ち、その後も秋山屋敷で暮らしている。

香織は与平お福夫婦とすぐに打ち解け、秋山屋敷には笑いが零れるようになった。

雪乃、これでいいんだな……。

久蔵は雪乃に呟き、酒を呑んだ。


下っ引の幸吉が、柳橋の船宿『笹舟』に駆け込んできた。

「親分、室町の呉服屋和泉屋の旦那が死にました」

「殺しかい」

弥平次は朝飯の箸を止めた。

「そいつがどうも分からないんでして、へい」

弥平次は箸を置き、『笹舟』の女将で女房のおまきに手伝わせて着替えた。弥平次が着替える間に、幸吉が丼飯をかき込んだのはいうまでもなかった。


柳橋を渡った弥平次と幸吉は、両国広小路を突っ切り、幾つかの町と掘割を抜けて日本橋室町二丁目の呉服屋『和泉屋』に急いだ。

弥平次は『和泉屋』までの間、幸吉が今までに摑んだ情報を聞いた。

死んだ『和泉屋』の主・忠兵衛《ちゅうべえ》は、胃の腑《ふ》の病に罹《かか》って三年前から寝込んでいた。その忠兵衛が、今日の夜明け頃、心の臓を短刀で突き刺して死んでいるのを発見された。

和泉屋忠兵衛は、共に店を作り上げた女房を十年前に亡くし、家族は一人息子の忠吉《ちゅうきち》しかいなかった。そして四年前、深川で芸者をしていたお京に惚れ、息子の忠吉や親類の反対を押し切って後添いにした。忠吉はその時、『和泉屋』を飛び出していた。

忠兵衛が胃の腑の病に倒れたのは、その翌年だった。

柳橋から日本橋室町の『和泉屋』に着くまでに、弥平次はそれだけの情報を得た。


『和泉屋』は大戸を閉め、暗く静まり返っていた。

弥平次と幸吉は、番頭の友助《ともすけ》に案内されて離れ座敷に向かった。

離れ座敷への渡り廊下で、弥平次は微かに漂う甘い香りに気がついた。

「親分、何か匂いますね」

幸吉も香りに気づき、鼻を鳴らした。

「ああ……」

「何の匂いですかね……」

「さあな……」

甘い香りは、離れ座敷から漂ってきていた。

「こちらでございます」

番頭の友助が身体を引いた時、離れ座敷から声がかかった。

「親分……」

和馬が忠兵衛の死体を検《あらた》めていた。

「遅くなりやして……」

弥平次は腰をかがめて挨拶をし、忠兵衛の死体の傍にしゃがみ込んだ。痩せ細り、肋骨の浮いた胸元は血に染まり、心の臓に黒い漆《うるし》塗りの柄の短刀が深く突き刺さっていた。

自害……。

弥平次にはそう見えた。その時、忠兵衛の死体から異様な匂いが微かにした。異様な匂いは、座敷に漂っている甘く優しいものとは別な物だった。

何の匂いだ……。

弥平次は気になった。だが、和馬が弥平次の思いを中断した。

「躊躇《ためら》い傷もなく、心の臓を一突き、自害のようにも見える」

「自害の理由、何ですか」

「忠兵衛は長の患いを苦にしていたそうだ」

「胃の腑の病ですか……」

「うん、今の医術じゃあ治せない不治の病だそうだよ」

「不治の病……」

「ああ、ま、自害したくなっても仕方がないかもな……」

「この短刀は誰の物です」

「忠兵衛の護り刀だそうだよ」

「当人の物ですか……」

「うん……」

「で、死体を見つけたのは……」

「お内儀《ないぎ》だよ」

和馬は、次の間を示した。

次の間の襖の陰では、南町奉行所定町廻り同心大沢欽之助が、お内儀のお京を尋問していた。

「こりゃあ大沢の旦那……」

「おお、柳橋、遅かったな……」

「申し訳ございません。で、そちらは……」

「お内儀のお京だ。お京、柳橋の弥平次親分だ」

「あッ、和泉屋のお京にございます」

お京は弥平次の名前を知っていたとみえ、小さな声をあげて挨拶をした。

「さあてお京、番屋に来て貰おうか」

「お、大沢さま……」

番頭の友助が、驚きの声をあげた。

「なあに心配無用だ。詳しい口書に爪印を貰うだけだ。さあ、お京」

「は、はい……」

お京は大沢に促され、座敷を出ようとした。

「お内儀さん」

弥平次が声をかけた。

お京が振り向いた。甘く優しい香りが漂った。

「この匂い、なんの匂いですか……」

「えっ……」

「匂いですよ」

「ああ、白檀の香りです」

「白檀……」

「はい。白檀香です。旦那さまの薬湯の匂いが、お店に流れては困るので、時々、香を焚《た》いているのです」

「成る程……」

「行くぞ、お京……」

大沢はお京を連れて行った。友助が慌てて見送りに追った。

「和馬の旦那……」

「親分、大沢さんはお京が自害に見せかけて、旦那の忠兵衛を殺したと睨んでいるんだよ」

「お内儀には殺す謂われ、あるんですか」

「一人息子の忠吉は勘当、そして旦那が死にゃあ和泉屋の身代はお京のものだ」

「ですが、旦那の忠兵衛は不治の病、わざわざ自害に見せかけて殺さなくても……」

「親分、お京が陰でどう呼ばれているのか知らないのか」

「陰で……」

「鬼女さ……」

「鬼女……」

「お京には随分前から男がいてな。そいつと遊ぶ金を店から持ち出していた」

「それでとうとう殺したって訳ですか」

「ああ、大沢さんの睨みじゃあな……」

どうやら和馬は、大沢の睨みに納得していないようだ。

「親分、俺、大沢さんがやり過ぎないように番屋に行ってみるぜ」

「じゃあ後程、お奉行所で……」

和馬は『和泉屋』を後にし、番屋に急いだ。

弥平次は離れ座敷と、続く中庭を入念に調べた。何者かが忍び込んだ様子はなかった。

死んだ忠兵衛は、離れ座敷で一人で寝ていたようだ。お内儀のお京は、次の間を挟んだ六畳の間を寝間にしており、夜明け前に忠兵衛の死に気がついたという。

仮に誰かが、店や母屋から離れ座敷に来るには、お京のいる六畳間の前を通らなければならない。だが、お京は通った者はいないという。

今のところ、お京の証言を覆すものは何もない。

やはり、病を苦にしての自害なのか……。

弥平次は幸吉を呼んだ。幸吉は、『和泉屋』の内情と忠兵衛が殺される程の恨みを買っていたか、奉公人たちに尋ねていた。

「そうかい、旦那の忠兵衛、恨みを買っている気配はないか」

「へい。それからお内儀のお京なんですが」

「鬼女かい……」

「ええ、聞きましたか」

「とてもそんな女には見えないがな……」

「へい。ですが、お京に男がいるのは、間違いないようです」

「見た者がいるのかい」

「ええ、奉公人が三人……」

「口裏を合わせて、お内儀の足を引っ張っているんじゃあるまいな」

「そんな奴らじゃありません」

「そうか……」

お京に男がいるのは、間違いないのだろう。しかし、だからと云って忠兵衛を殺したとは限らない。

「とにかく幸吉、お京の男ってのが誰か、突き止めるんだな」

「へい……」

弥平次は幸吉と別れ、南町奉行所に向かった。

「へぇー、室町の和泉屋の主がな……」

久蔵は意外な面持ちを見せた。

「秋山さま、御存知なのですか、和泉屋の忠兵衛を……」

「いや、忠兵衛は知らねえが、香織とお福がこの間、和泉屋で着物をあつらえてな。その時、お内儀に良くして貰ったそうだ」

「そうでしたか……」

「で、親分はどうみているんだい」

「さあて、自害といえば自害ですし、違うといえば違うようにも思えます」

「流石の柳橋の親分も分からねえか」

「はい。どうしたものかと……」

「忠兵衛が死んで得をする奴は、お内儀のお京だけなのかい」

「ま、忠吉って一人息子がいるにはいるのですが、忠兵衛に勘当されていて、大した親類もいなそうですから……」

「じゃあ、仮に忠兵衛が殺されたなら、殺ったのは身代狙いのお内儀のお京ってことかい」

「少なくとも大沢の旦那は、そう睨んでいるようです」

「大沢がな……」

「はい……」

「気になるのは、白檀の香りともう一つの匂いの正体。そして、お京の男か」

「ええ、その辺がはっきりすりゃあ本当の事、分かるんじゃあないでしょうか」

「鬼女か……」

「はい。旦那の命を食い、店の金を持ち出して男と遊んでいる鬼女……。陰でそう囁かれております」

「面白いじゃねえか。よし、和馬を呼んでくれ」

久蔵は和馬を呼んだ。


「和馬、本当に秋山さまが取り調べを止めろと云ったのか」

大沢欽之助の顔に不満が広がった。

「はい。お京をすぐに放免しろと、間違いありません」

「ふん。偉そうに、何が〝剃刀《かみそり》〟だ。女と見りゃあ鼻の下を伸ばしやがって……」

「別に伸びちゃあいませんが、大沢さん、お京は忠兵衛を殺したって白状したんですか」

「腰巾着野郎が」

大沢は和馬を怒鳴りつけ、腰高障子を外さんばかりの勢いで番屋を出て行った。

「だから嫌だってんだよなぁ……」

和馬はぼやき、番人にお京の放免を命じた。


お京はほつれ毛を揺らし、和馬に深々と頭を下げて背を向けた。

「あの女ですか……」

「ああ、男がいる。そいつの正体を突き止めてくれ」

「心得ました。じゃあ……」

飴売りの直助と托鉢坊主の雲海坊が、弥平次に小さく会釈をして路地から出て行こうとした。

「おっと待ちねえ……」

弥平次は直助と雲海坊を呼び止め、それぞれに心付けを渡した。

「当座の軍資金だ。足りなくなったら云ってくれ」

「へい、ありがたく……」

心付けを受け取った直助と雲海坊は、思い思いにお京を追って往来の賑わいに消えていった。

直助は飴売り、雲海坊は托鉢坊主、二人はそれを生業として暮らし、弥平次の必要に応じて手先を務めていた。手先たちの生業の元手は、弥平次の出したものだった。

生業を持たない手先は、役目で知った事を悪事に利用するかも知れない……。

弥平次はそれを恐れ、手先たちに暮らしに困らぬ手立てを考えてやっていた。

日本橋北側の魚河岸を抜け、掘割に架かる荒布橋《あらめ》と親父橋《おやじ》を渡ると葭町《よしちょう》であり、玄冶店《げんやだな》になる。そこに忠兵衛のかかりつけの町医者中原玄庵《なかはらげんあん》がいた。

「忠兵衛さんが……」

「はい。護り刀の短刀で心の臓を深々と……」

「で、下手人は分かったのですか」

「下手人……玄庵先生は忠兵衛さんが殺されたと思うんですか」

「違うのですか……」

玄庵は怪訝に眉を顰めた。

「いえ、自害ってのも考えられまして、まだ殺されたとは……」

「親分、忠兵衛さん、心の臓を深々と突き刺していたのでしょう」

「ええ……」

「忠兵衛さんの病は、胃の腑に質の悪い腫れ物が出来るものでな。その痛みは大の男を七転八倒させ、子供のように泣かせる」

「そんなに凄い痛みなんですか……」

「ああ。忠兵衛さんはその痛みにあらゆる欲を奪い取られて痩せ細り、自分の心の臓を深々と突き刺して自害する程の力はなかった筈だ……」

弥平次は、忠兵衛の肋骨の浮いた痩せた身体を思い出した。

確かにあの痩せ細った身体では、心の臓を深く突き刺すのは無理かもしれない……。

弥平次は、玄庵の指摘に頷いた。

忠兵衛は自害ではない。殺されたのだ。

事件の方向が漸くはっきりした。

忠兵衛が殺されたなら、下手人は鬼女と囁かれるお京しかいない。

お京が忠兵衛を殺した……。

だが、弥平次には素直に頷けないものがあった。頷けないものが何かは、弥平次にも未だはっきりとは分からないが、それは確かにあった。

弥平次の鼻先に、不意に白檀の香りが浮かんだ。そして、正体の分からぬ匂いが続いて漂った。二つの匂いは、弥平次の思い過ごしにすぎない。だが、『和泉屋』で嗅いだ匂いには、忠兵衛殺しの真相が隠されている。弥平次はそう睨んだ。

二

夕暮れ時、室町の『和泉屋』には、弔問客が訪れ始めていた。

お京は弔いを番頭の友助たち奉公人に任せ、喪主として弔問客の相手をしていた。

弔問客たちは、お京を横目に忠兵衛の死を様々に噂した。

「忠兵衛さんの長患いをいいことに、店の金を持ち出して男と遊んでいる鬼女……」

「男を食い殺す鬼女……」

「忠兵衛さんが、若旦那の忠吉を勘当したのは、鬼女の差し金に違いありませんよ……」

「挙句の果てに忠兵衛さんは食い殺され、和泉屋の身代がこれで鬼女のものとはねえ……」

弔問客たちは、聞こえよがしに囁き合った。お京は忠兵衛の遺体に付き添っていた。蒼白い顔に涙はなく、後れ毛が微かに揺れているだけだった。

『和泉屋』の表には、訪れる弔問客たちを見張る直助と雲海坊がいた。二人は、弔問客の中にお京の情人《いろ》らしき男がいないか探していた。

「どうだい……」

弥平次が現れた。

「今のところ、らしい男は現れていません」

「そうか……」

弔問客の一団がやってきた。弥平次たちは暗がりに入った。

「親分、世の中には、勝手な噂をする奴らが多いんですねえ」

直助が弔問客を一瞥し、吐き棄てた。

「鬼女か……」

「へい。本当の事、誰も分かっていないってのに……」

「直助……」

「今きた連中、何処の誰か調べてきます」

直助は弥平次の言葉を遮り、そそくさと『和泉屋』の台所に廻っていった。

「雲海坊……」

「お京、ガキの頃、いろいろ直助の面倒を見てくれた岡場所の女に似ているそうですよ」

「岡場所の女……」

「ええ。孤児あがりは、どうって事もない優しさでも、死ぬまで忘れやしませんぜ」

雲海坊に笑みや侮《あなど》りはなかった。

哀しい者は、受けた優しさの全てを忘れはしない……。

弥平次は直助の気持ちを思いやった。

「親分……」

雲海坊が、僅かに緊張した声で呼んだ。

弥平次が雲海坊の視線の先を追った。視線の先の物陰に、若い男が潜んでいた。

若い男は『和泉屋』の様子を窺っていた。

「雲海坊……」

弥平次は雲海坊に背後に廻れと指示し、弔問客を装って若い男に近づいた。

その時、弔問を終えた客たちが、『和泉屋』から出て来た。若い男は慌てて身を翻し、暗い路地奥に走った。

雲海坊が背後に廻る前であり、弥平次が飛びかかるには離れすぎていた。

弥平次と雲海坊は追った。

若い男は、暗い路地奥を走った。

雲海坊と弥平次は暗がりに手間取り、迷いながら追った。若い男は迷路のような路地を駆け抜け、その姿を闇の彼方《かなた》に消し去った。

「親分……」

「ああ、逃げられたな」

「まさか、お内儀の男じゃあ……」

「いや、それにしちゃあ若すぎる。おそらく違うな」

「それにしても野郎、まるで夜目の利く猫ですぜ」

「ああ、ひょっとしたらこの辺りを詳しく知っている奴かも知れん」

一体、誰なのだ。何故、『和泉屋』の様子を窺い、逃げたのだ。そして、忠兵衛殺しに関わりがあるのだろうか……。

弥平次は様々な思いを巡らせた。

月明かりを受けた藤の花は、爽やかな輝きを滲ませていた。

雪乃の植えた藤の花だった。

久蔵は濡れ縁に座り、貧乏徳利を抱えて茶碗酒を飲んでいた。

「宜《よろ》しいですか、義兄上……」

香織だった。

「どうしたい」

香織は濡れ縁に座り、藤の花を眺めた。

「藤の花、姉上が植えたそうですね」

「ああ、どうだい、一杯やるか……」

「えっ」

「ふん、袂《たもと》に入っているのは、なんだい」

香織は小さく舌を出して微笑み、袂からぐい飲みを出した。ぐい飲みは、備前焼の重厚な逸品だった。

「へーえ、若い娘が袂に入れるような代物《しろもの》じゃあねえな」

「はい。父が死ぬ前の日まで使っていたぐい飲みです」

「義父上が……」

「はい。宜しければ、義兄上に使って戴きたいと思いまして……」

「初めて見たな」

「父は御存知の通り、堅苦しい人で、私を相手に寝酒を飲む時だけに使っていたんです」

初老の父親が、娘の酌で寝酒を飲む時に使ったぐい飲み……。そのぐい飲みで呑む酒は、おそらく義父の生涯で一番美味かった筈だ。

「父上の形見、構わねえのかい」

香織は父北島兵部が非業の死を遂げた時、僅かな遺品を持って笠井藩江戸屋敷を出た。備前焼のぐい飲みは、その数少ない遺品の一つだった。

「はい。義兄上に使っていただければ、父上は勿論、姉上もきっと喜びます」

北島兵部が愛用したぐい飲みは、使い込まれた色艶を見せ、重さも形も程良く久蔵の掌に納まった。

「大切に使わせて貰うよ……」

「はい」

香織は嬉しげに顔を輝かせ、久蔵の手の中のぐい飲みに酒を満たした。

久蔵はぐい飲みを傾けた。

「……美味え、義父上のぐい飲みで飲む酒は格別に美味えぜ」

「良かった。ところで義兄上……」

「なんでえ」

「室町の呉服屋の……」

「和泉屋かい」

「はい。お内儀さん、本当に鬼女なんですか」

「噂、聞いたのかい」

「はい。お出入りの魚辰さんから……。それでお福さんとも話したのですが、あのお内儀さんが、男を食い殺す鬼女だなんて信じられません。義兄上、そんない加減な噂、止めさせて下さい」

「香織、如何に町奉行所でも人の口に戸は立てられねえ。それに和泉屋のお京が、本当に男を食い殺す鬼女かどうかは、まだ分からねえんだよ」

「でも……」

「香織、人なんざ、紙と同じよ。見た目は中々分からねえが、表があれば裏もある」

「義兄上……」

「もう暫《しばら》くの辛抱よ」

久蔵は義父の形見のぐい飲みに酒を満たし、一気に飲み干した。

幸吉が箸を置き、茶を啜った。

「落ち着いたかい……」

「へい、御馳走さまでした」

「それで、何か分かったのかい」

「へい、お内儀の男なんですがね。見たって者に詳しく聞いたんですが、男はどうも侍のようなんですよ」

「侍だと……」

「ええ、男はいつも頭巾や笠を被っていて、顔や髷の形は分からないんですが、羽織や着物は見るからに上物だったと……」

「腰の物はどうなんだい」

「脇差一本だそうです」

「お武家の御隠居かな」

「かもしれません。明日から二人を見かけたって場所を調べてみます」

「ああ、そうしてくれ……」

幸吉の報告が終わった。見計らったように、おまきが酒を持って来た。

「で、親分、直助の兄いと雲海坊の方は、どうですか」

「今夜、お京は弔いだ。動くとしたら明日からだろうな。それから幸吉……」

弥平次は、路地奥に消えた若い男の事を教えた。


「武家の隠居……」

久蔵は眉を顰め、弥平次に聞き返した。

「はい。頭巾や笠で顔を隠し、脇差だけを差している……」

「それで武家の隠居か……」

「はい。違いますかね」

「ま、町方の者じゃあねえだろうが、脇差だけだから隠居と決めつけるのはどうかな」

「と仰いますと……」

「親分、情けねえ話だが、今時の侍が皆、武士の魂を持ち歩いているとは限らねえ」

「じゃあ……」

「刀を持ち歩かない侍もいるし、それに持たなくてもいい奴らもいる」

「持たなくてもいい奴……」

「ああ、学者に絵師に医師……。むしろそっちの方かもしれねえな」

「成る程……。それにしても御公儀と関わりがある者なら、あっしたちは下手に動けません。面倒な事になります」

「なあに、いざとなりゃあ俺が引き受けるさ。親分はやるだけやってみてくれ」

久蔵が小さく笑った。覚悟を決めた不敵な笑みだった。

その時は、久蔵のお供をすりゃあいいだけだ……。

弥平次は黙って頭を下げ、南町奉行所を後にした。


お京が動いたのは、午の刻九つ時を過ぎた頃だった。

『和泉屋』を出たお京は、足早に両国方面に向かった。張り込んでいた直助と雲海坊が、思い思いに尾行を開始した。

男と逢うのか……。

お京に警戒する様子はなく、足取りにはむしろ焦りが見られた。

両国広小路に出たお京は、隅田川に架かる長さ九十六間の両国橋を渡った。

両国橋を渡ると本所である。

お京は本所一つ目橋を渡り、竪川《たてかわ》沿いに進んで松井橋の手前を右に折れ、六間《ろっけん》堀一帯に入った。六間堀と呼ばれる掘割を挟んだ一帯には、盛り場があった。

六間堀の盛り場には、莚《むしろ》掛けの飲み屋や淫売屋が軒を連ねる裏通りがあり、仕事にあぶれた人足や遊び人たちが、昼間から酒を飲み、博奕に現《うつつ》を抜かしていた。

裏通りに入ったお京は、莚掛けの飲み屋の親父や辻に立つ商売女に何事かを聞き歩き始めた。それは、誰かを探しているのに他ならなかった。

「直助さん、俺が追います。お京、誰を探しているのか、確かめて下さい」

「合点だ」

直助と雲海坊は、役割を決めて二手に別れた。

お京は歩き廻った。

だが、探す相手は見つからなかった。

時が過ぎた。六間堀にある船溜りの澱んだ水面は、西に傾き始めた陽に煌めき、沈みかけている廃船を揺らしていた。

お京は人気のない船溜りの傍に佇み、煌めく水面を見詰めた。水面の煌めきは、お京の疲れと額の汗を浮かびあがらせた。

お京の情人《いろ》は、場末の裏通りで探さなければならない者なのか、それとも……。

雲海坊が物陰でそう思った時、直助が現れた。

「尋ね人、見つからないかい……」

「ああ、お内儀さんの探している相手、誰だったたい」

「忠吉だったよ」

「忠吉って……」

「勘当になっている和泉屋の若旦那だ」

お京は情人ではなく、勘当になっている忠兵衛の一人息子忠吉を探し廻っていた。

「何故だい……」

勘当になっている若旦那の忠吉を探し、お京は何をしようとしているのだ。

如何に勘当された若旦那でも、今のお京には邪魔なだけの人間だ。

「人は誰でも、他人には分からない事情を抱えているもんさ……」

直助は憮然と答えた。

「それから雲海坊、人相の悪い浪人どもが、お内儀さんを探しているよ」

「人相の悪い浪人ども……」

雲海坊は僅かに緊張し、船溜りの傍に佇むお京の周辺を窺った。

風が吹き抜け、水面の煌めきを散らせた。


お京は人の気配を感じ、背後を振り向いた。同時に見知らぬ二人の浪人が、髭面に薄笑いを浮かべて手を伸ばした。

お京は叫び声をあげる暇もなく、転がるように浪人たちの手を躱《かわ》した。

「おのれ……」

「大人しく一緒に来い」

髭面の浪人たちは、お京を捕まえて連れ去ろうとした。お京は恐怖に震えながらも、懸命に逃れようとした。

「付け火だぁ、浪人が付け火をしようとしているぞ」

雲海坊が大声で叫びながら船溜りに飛び出した。

髭面の浪人たちが狼狽した。

「付け火だ。火事だぁ」

雲海坊は叫び続けた。

人は人殺しや物盗りなどと関わり、巻き込まれるのを恐れる。だが、火事は関わりを嫌っても、焼き尽くされる恐れがある。人は否応なく関わりを持たされるのだ。

飲み屋の親父や商売女、そして人足や遊び人たちが駆け寄ってきた。

「何処だ。付け火は何処だ」

「燃えろ、燃えろ」

親父たちは叫び、人足や商売女たちが黄色い声をあげて騒ぎ立てた。

お京は騒ぎの中に紛れ込んだ。

髭面の浪人たちは、雲海坊に怒りの一瞥を投げて駆け去った。物陰にいた直助が、素早く二人を追って消えた。

火事騒ぎは一段と盛り上がった。お京は騒ぎから抜け出した。

神田川小石川御門を出ると水戸家江戸上屋敷があり、その脇に別當龍門寺牛天神がある。

牛天神の本殿の左側には、撫ぜると願いが叶うと伝えられる石で作られた〝ねがい牛〟があった。その牛天神の傍の安藤坂をのぼると無量山壽経寺傳通院に出る。傳通院は家康の生母於大《おだい》の方の菩提寺として建てられ、後に千姫も葬られた古刹《こさつ》だ。

久蔵は傳通院の前を左手に折れ、武家屋敷街を抜けて小石川大下水《おおげすい》を渡って小石川御薬園《おやくえん》に出た。

小石川御薬園では、公儀薬草園として数百種類の薬草が栽培管理されていた。そして、八代将軍吉宗が、庶民の為に設立した施療院小石川養生所があった。

久蔵は養生所の門を潜った。

「質の悪い腫れ物か……」

養生所医師の宗像左京《むなかたさきよう》は、久蔵に問い返した。

「ああ、今の医術では治せぬ死病と聞いたが間違いないのか」

宗像左京は旗本二百石取りの三男坊であり、久蔵とは学問所まで一緒だった幼馴染みだった。

部屋住みの左京は、他家に養子に行くのを潔《いさぎよ》しとせず、医術を学んで身を立てた。

「久蔵、そいつはおそらく癌という病だ」

「癌……」

「ああ、固い腫れ物だ。そいつが増え続けて激しい痛みを与え、死に追い込む……」

「激しい痛み……」

「うん。どんな屈強な男でも七転八倒し、のたうち廻る」

「左京、その痛みを止める薬はないのか」

「ない……」

「ないか……」

「うん。あっても一時的に痛みを忘れさせる薬しかない」

「一時的に痛みを忘れさせる薬、そいつは何だ」

「阿片だ」

「……阿片……」

「ああ、阿片は五感を痺れさせ、痛みも忘れさせる」

「そうか、御禁制の阿片か……」

思いもよらぬ薬の出現だった。だが、御禁制の阿片は、医者でさえ容易に手に入れる事が出来る物ではない。だが、久蔵は微かな閃《ひらめ》きを覚えた。

二人の髭面の浪人は、下谷練塀小路の一角にある武家屋敷に入った。

直助はそれを見届け、屋敷の主が誰か調べ始めた。

同じ頃、お京は『和泉屋』に戻った。

物陰で見届けた雲海坊は、夜鳴蕎麦屋の屋台を担いでやって来た長八と見張りを交代した。


白檀の香りは、立ち昇る紫煙と一緒に揺れて広がった。

お京は白檀の香りと紫煙に包まれ、忠兵衛の位牌に手を合わせた。

「旦那さま……」

髭面の浪人たちが、誰に頼まれて襲ってきたのか分からなかった。

お京は合掌を解いた。

両手の掌が微かに震えた。

お京は両手の掌を見詰めた。微かに震える両手の掌には、短刀が忠兵衛の心の臓に深々と突き刺さっていく感触が蘇った。

一滴の涙が、お京の頬を伝って落ちた。

三

行き交う舟の灯りが、隅田川の川面を照らし、揺れていく。

久蔵は『笹舟』の座敷に座り、庭越しに夜の隅田川を眺めていた。

「お寒くはございませんか……」

女将のおまきが、お銚子を運んできた。

「おまき、花祭りもとっくに終わり、蚊帳《かや》売りが大忙しだぜ」

「今年もあっという間に夏ですねえ……」

おまきは苦笑し、久蔵の盃に酒を満たした。

「秋山さま……」

弥平次が出先から戻って来た。

「お待たせ致しました」

「いや、急に寄ったのは俺だ。気にしねえでくれ」

「畏れ入ります」

久蔵は弥平次に酒を勧めた。

「こいつはどうも……」

弥平次が盃を空けた。

「いい具合に温まりますね……」

弥平次が嬉しげな笑みを浮かべた。おまきが小さく笑った。

「どうした、おまき……」

「いいえ、別に。お料理を持ってきます」

おまきは座敷を出て行った。久蔵と弥平次は酒を呑んだ。夜の川風は、爽やかに吹き抜けていく。

「……で、何か分かったかい」

「それなんですが、お京と関わりのある学者や医者、それに絵師を探したのですが、いたのは忠兵衛の病を治そうと訪ねあるいた医者ぐらいで、お京の男らしい者は……」

「いなかったかい」

「ええ、幸吉がまだ探していますがね」

「そうか……」

廊下を来た足音が部屋の前で止まり、おまきが声をかけてきた。

「お前さん、直助さんがお見えですよ」

「おう、入ってくれ」

おまきが襖を開け、直助を座敷に入れ、料理を持って続いてきた。

「お邪魔しやす」

「ま、一杯やんな」

「ありがとうございます」

直助は、弥平次に注いで貰った酒を美味そうに啜った。

「どうした、お京に何かあったのか」

「へい。お京は本所六間堀界隈の盛り場で、忠吉を探し廻りました……」

直助はお京の行動を説明した。

「……忠吉」

「へい。和泉屋の勘当された若旦那です」

「お京が、そいつを六間堀の裏町で探し廻っていた……」

忠吉は勘当された身とはいえ、お京にとって『和泉屋』の身代を継ぐ邪魔者でしかない。お京は何故、その忠吉を探しているのだ。

久蔵は戸惑った。

疑問が止め処《ど》なく湧く……。

久蔵の思いは、弥平次も同様だった。

「だが、忠吉は見つからなかった……」

「しかし、忠吉が六間堀にいるのは、違いねえか……」

「へい。あっしはそう思います」

「で、お京はどうした」

「それが、二人の浪人が現れて、連れ去ろうとしましてね」

「何だって……」

弥平次が緊張した声をあげ、久蔵が盃を置いた。

「安心して下さい。雲海坊が火事騒ぎを起こして浪人どもを追い払い、お京は無事に和泉屋に戻った筈です」

「そりゃあ良かった……」

「それで直助、二人の浪人は、何処に行ったんだい」

弥平次は、直助が二人の浪人を追い、行き先を突き止めたのを確信していた。

「へい。下谷練塀小路にある細川順道《ほそかわじゅんどう》さまのお屋敷に……」

「細川順道さま……」

「それはそれは……」

「御存知なんですか、秋山さま」

「名前だけな。確か公儀の奥医師だよ……」

「へい。隣近所の屋敷の中間に聞いて確かめました。お京を襲った浪人どもは、間違いなく細川さまのお屋敷に入りました」

公儀奥医師細川順道……。

「秋山さま、まさか御公儀奥医師の細川さまが、お京の……」

「ああ、かも知れねえ……」

医者は、久蔵の睨みに入っていた職業の一つだ。奥医師の細川順道が、お京の情夫の可能性は充分にある。

「しかし、もしそうなら、出入りしている浪人どもが、お京を襲ったってのは、どうなるんでしょう」

おそらく浪人どもは、細川の命令でお京を連れ去ろうとした筈なのだ。

「うん。分からねえのは、その辺りだが、とにかく細川順道を詳しく洗うしかねえな……」

「心得ました」

お京の忠吉探し、そして細川順道との関わり、新たな疑問が浮かんだ。

翌日から下っ引の幸吉と飴売りの直助が、公儀奥医師細川順道の身辺を洗い始めた。

公儀奥医師は、将軍家とその一族を診る御殿医《ごてんい》である。

御殿医は、二百俵の御番料の他に持高があった。そして、法印、法眼《ほうげん》、法橋《ほっきょう》などが医官の位とされた。だが、最高位の法印になれるのは本道（内科）医だけであり、御外科、御鍼科、御口（歯）科、御眼科などの医者は法眼にしかなれなかった。

奥医師は駕籠を利用でき、供廻りは侍が二人、挟箱持、薬箱持、長柄持、草履取、そして陸尺《ろくしゃく》が四人の合計十人の格式を誇り、役目以外の診察では莫大な謝礼を受け取っていた。

外科の法眼である細川順道は、奥医師の中でも金に関しての評判は悪かった。

そして、本宮左馬之助《もとみやさまのすけ》という用心棒の浪人を従え、遊び歩いていた。お京を拉致しようとした浪人たちは、おそらく本宮左馬之助に繋がる者なのだろう。

仮にお京と細川順道に関係があるとしたなら、どうして拉致しようとしたのか……。

幸吉と直助は、細川順道の次の動きを待った。

お京を襲った二人の浪人が、細川屋敷から出掛けていった。幸吉が尾行した。

二人の浪人は、神田川に架かる和泉橋を渡り、日本橋に向かった。

『和泉屋』は、既に店を開いており、客が出入りしていた。往来を挟んだ小間物屋の軒先には、行商の鋳掛屋の寅吉が店を開いて鍋の底を叩いていた。

「商売、忙しいかい……」

寅吉の前にしゃがみ込んだ男が、声をかけてきた。幸吉だった。

「……暇だよ。どうしたんだい」

寅吉が幸吉を一瞥し、問い返した。

「細川屋敷の浪人が二人、和泉屋を見張り始めた」

幸吉が示した路地には、二人の浪人が佇んで『和泉屋』を窺っていた。

「お京を襲った浪人かい……」

「ああ、直助さんが確かめた。きっとお京が出掛けるのを待っているんだ」

「それにしても、下手な張り込みだな」

「所詮、金で雇われた食い詰め浪人だ。あんなもんだろうさ」

二人の浪人は欠伸《あくび》を嚙み殺し、緊張感のない姿で張り込んでいた。


雲海坊は忠吉を見つけ出した。

勘当されて四年、忠吉は六間堀の裏町で自堕落な暮らしをしていた。

忠吉は昼間から酒を飲み、お京を口汚く罵っていた。その姿を見た雲海坊は、忠兵衛の弔いの夜に現れた若い男が忠吉だと気がついた。

「親父を殺したのは、あの鬼女だ。鬼女が親父を誑《たぶら》かして和泉屋に入り込み、俺を勘当させて親父を殺し、和泉屋の身代を乗っ取ろうとしているんだ。必ずぶっ殺してやる……」

忠吉はお京を激しく憎み、恨んでいた。

親父の仇のお京を殺す……。

雲海坊は忠吉発見を弥平次に報せ、張りついた。

「そうか、忠吉がいたかい……」

「はい。雲海坊が見つけましたよ」

「漸く役者が揃ったようだな……」

久蔵は弥平次から事の次第を聞き、嬉しげな笑みを浮かべた。

「はい。ですが、分からないのは忠兵衛さんの死の真相です。やっぱり忠兵衛さん、お京に殺されたんでしょうか……」

「えっ……」

「親分、忠兵衛は自害をしようとした……」

「だが、殺したのはお京……」

「秋山さま……」

弥平次は久蔵を見詰めた。

「鬼女か、辛えな……」

久蔵は遠くを眺め、淋しげな言葉を洩らした。その言葉には、お京への哀れみが含まれていた。

「よし、そろそろ片をつけて、解き放してやろうじゃあねえか……」

久蔵と弥平次は、互いの意見を述べて打ち合わせをし、一通の手紙と一つの結び文を作り、雲海坊に人を走らせた。


番頭の友助が持ってきた手紙は、差出人に忠吉の名が記されていた。

お京は慌てて手紙の封を切った。手紙は呼び出し状だった。

お京は忠兵衛の位牌に手を合わせた。

「旦那さま、漸く忠吉さんに逢えます……」

手を合わせるお京の顔には、安心したかのような微笑が浮かんでいた。


奥医師の細川順道は、屋敷に投げ込まれた結び文を読んだ。

「御前、誰が何と云ってきたのですか」

本宮左馬之助が胡散臭《うさんくさ》そうに尋ねた。

「お京が、死んだ忠兵衛の薬のことで話があると云ってきた」

順道の顔は蒼ざめ、微かに震えていた。

「薬のことで……」

「うむ……」

「で、いつ何処で……」

本宮の言葉には、斬りつけるような鋭さが込められていた。

忠吉の眼は、殺意に満ち溢れた。

「あの鬼女が、俺を探しているってのか」

「ああ、逢いたかったら船溜りに来いってよ」

雲海坊は薄笑いを浮かべ、忠吉を挑発した。

「云われるまでもねえ。行ってぶち殺してやるぜ……」

忠吉は雲海坊が何者か気にも留めず、匕首を握り締めていきり立った。

六間堀の船溜りに人気はなく、水面は溢れんばかりの日差しに煌めき、揺れていた。

これで漸く終わる……。

お京は忠吉を探した。

「忠吉さん」

お京は忠吉の名を呼んだ。

物陰から忠吉が、辺りを警戒しながら現れた。

「忠吉さん……」

「お京……」

「旦那さまが、忠兵衛さまが……」

「手前が殺したんだろうが」

忠吉の憎悪に満ちた声が遮った。

「だから俺は反対したんだ。芸者の手前は、和泉屋の身代を狙って後添いになったんだとな。それなのに親父……。親父は手前を信じ、手前を可愛がって……。その挙句に男を作られ、殺された。親父、馬鹿なんだよ。大馬鹿なんだよ」

怒鳴る忠吉の頰に涙が伝った。

「忠吉さん……」

「煩い」

忠吉が匕首を抜いた。

お京は思わず後退りをした。

「……手前が親父を殺したんだろう……」

忠吉がゆっくりとお京に近づいた。

「殺したんだろう」

「ええ……」

お京が忠吉を見詰め、はっきりと頷いた。

忠吉が微かに怯んだ。

「……確かに私が旦那さまを……手にかけました」

「……親父の仇、討ってやる」

忠吉は匕首を閃かせて構えた。

「忠吉さん、気の済むようにして下さい。その代わり、お願いがあります」

「黙れ」

忠吉が怒鳴り、匕首を翳《かざ》してお京に突進した。次の瞬間、駆け寄った幸吉が、忠吉を投げ飛ばした。そして、飛び出してきた雲海坊の錫杖が、忠吉の匕首を叩き落とした。

弥平次が現れた。

「柳橋の親分さん……」

お京が呆然と呟いた。

「……忠吉、人殺しになっちゃあいけない」

「この女は鬼女だ。親父を殺した鬼女だ。仇を討って何が悪い」

忠吉は半狂乱で叫んだ。

「落ち着け忠吉、忠兵衛さんは胃の腑に質の悪い腫れ物の出来る死病でな、七転八倒する程の激しい痛みに襲われていた。そうだな、お京」

「は、はい……」


激痛に襲われた忠兵衛は、苦しく呻いてのたうち廻った。

「殺せ……殺してくれ……」

忠兵衛はお京に縋り、激痛に震えながら哀願した。


「だから殺したって云うのか」

忠吉が怒鳴った。

「違う」

弥平次が遮った。

「忠吉、お京さんは忠兵衛さんに生きていて欲しかった。生きていて欲しいから、胃の腑の痛みを止めてやりたかった……」

弥平次がお京に同意を求めた。

お京の眼に哀しみが満ち溢れた。

痛みを忘れる特効薬が御禁制と知ったお京は、密かに探し廻って奥医師細川順道に行き着いたのだ。

「……だから、和泉屋の金を持ち出し、好きでもない男に身を任せ、痛みを忘れる事の出来る薬を手にいれた」

お京は思い出した。乳房や尻、そして陰部を弄《もてあそ》ぶ細川順道の手と、たとえようのない匂いの息を……。

お京は金と我が身を与えて、御禁制の薬を細川順道から手に入れた。

それは、お京にとって忌まわしい過去でしかない。

「嘘だ。そんなのは嘘に決まっている」

「本当だ」

「じゃあどうしてその薬で、親父は助からなかったんだ」

「忠吉、その薬は阿片だ」

弥平次の言葉に忠吉は絶句した。

「病の痛みを忘れさせるが、人の身体をぼろぼろにする御禁制の阿片なんだよ」

窶《やつ》れ果てた忠兵衛は阿片を吸い、恍惚とした面持ちで煙を吐き出した。

お京は嬉しかった。久々に見る忠兵衛の安らいだ顔が、嬉しかった。

「その阿片の匂いを隠す為、白檀香を焚いた。そうだね」

「はい……」

お京は頷いた。

「……だったらどうして、親父を殺したんだ」

「そ、それは……」

「忠吉、忠兵衛さんは、きっと自分で心の臓を突き刺したんだよ」

「自分で……」

忠吉は呆然とした。

「親分さん……」

「お京、忠兵衛さんは助かる見込みのない死病に取り憑かれた自分の為、好きでもない男に抱かれ、後ろ指をさされて暮らすお前さんが哀れになった。だから自分で……」

お京の眼に涙が溢れ、零れた。

「だが、病で痩せ細り、弱り果てた忠兵衛さんは、おそらく死に切れなかった。そうだね、お京……」

お京は涙の零れるまま弥平次を見詰め、頷いた。

あの日の夜明け、お京が気づいた時、忠兵衛は自分の心の臓に護り刀を突き立て、死に切れなくて苦しんでいた。

驚いたお京は、慌てて護り刀を抜こうとした。だが、忠兵衛は拒否した。

「お、お京、もういい。もう充分だ。これ以上、お前を苦しめたくない。だ、だから殺してくれ。お京、お願いだ、殺してくれ……」

出来ない……。

お京は躊躇った。

「お京、もう楽になりたい。早く……頼む」

忠兵衛は涙で濡れた顔を向け、必死に頼んだ。

お京は崩れた。忠兵衛を背後から抱き、胸に突き刺さっている護り刀の柄を握った。

「せ、世話になった……」

忠兵衛は安心したように眼を閉じた。

お京は固く眼を瞑り、護り刀を忠兵衛の心の臓に一気に突き刺した。

「……お京、ありがとう……」

忠兵衛は笑みを浮かべて絶命した。安らかな死に顔だった。

お京は泣いた。忠兵衛の遺体を抱き締め、声を忍ばせて泣いた。


忠吉はがっくりと項垂《うなだ》れた。

「……お互いを思いやった優しさと愛しさの挙句の始末、本当の夫婦って奴だよ……」

弥平次はお京を哀れんだ。

「だが、阿片の事が露見すれば、和泉屋は只じゃあすまない。そして、お京は忠兵衛の為にも、忠吉お前に和泉屋を継いで貰いたい。だから、本当の事を一切言わず、お前を探し廻った。そうだな、お京……」

「親分さん……。忠吉さん、私はどうなったっていい。忠吉さんの気のすむようにして貰います。その代わり忠吉さん、旦那さまの大切な和泉屋を継いで、守り続けて下さい。どうか……どうかお願いです」

「どうだ忠吉、お京の願い、聞き届けてやっちゃあくれないかい」

忠吉が泣き伏した。子供のように手放しで泣いた。

「すまない、許してくれ。お前さんは親父の女房だ。真実《まこと》の女房だ……」

忠吉はそう云い、泣き続けた。

「良かったな、お京……」

「ありがとうございます、親分さん……」

男たちの足音が響いた。

幸吉と雲海坊が、素早くお京と忠吉を庇う態勢を取った。

奥医師の細川順道が、頭巾を被って脇差だけを帯び、本宮左馬之助たち浪人を従えて現れた。

「なんですかい、お前さんたちは……」

弥平次が対峙した。

「岡っ引の分際で邪魔するな」

順道が嘲笑した。

「何だと手前……」

幸吉が、飛びかからんばかりの勢いで順道を睨みつけた。

本宮が抜き打ちに構えた。

「幸吉……」

弥平次が幸吉を止めた。

「……お京、皆と一緒に死んで貰うよ」

順道は嘲笑を浮かべた。

本宮たち浪人が、弥平次とお京たちを取り囲み、刀を抜き払った。

「そこまでだぜ……」

久蔵が、和馬と大沢欽之助を従えて現れた。

「その方……」

「何がその方だ。気取るんじゃあねえぜ、細川順道。俺は南町奉行所与力の秋山久蔵って者だぜ……」

「秋山久蔵……」

「ああ、流石の奥医師も、御禁制の阿片を売り捌《さば》いていたと知れりゃあ只じゃあすまねえ。その為の口封じとは、畏れいったぜ」

「黙れ、儂《わし》は御公儀奥医師、不浄役人にとやかく云われる筋合いはない」

「煩せえ。誰もお縄にするとは云っちゃあいねえ。扶持米と役目を返せば只の侍。

何処で誰を叩き斬ろうが、武門の意地での所業、腹を切りゃあすむ事よ」

「お、おのれ……」

順道は怯んだ。

次の瞬間、本宮が抜き打ちに久蔵に斬りかかった。

久蔵の刀が横薙ぎに閃き、本宮の斬り込みを弾き飛ばした。

本宮は満面を怒りに染め、再び激しく斬りかかってきた。心形刀流を叩き込まれた久蔵の刀が、鋭い音を鳴らした。

本宮は首筋に峰打ちを浴び、ゆっくりと膝から崩れ落ちた。

浪人たちが慌てて後退りした。

「手前ら浪人は、俺たち町奉行所の支配。下手な真似をしたら容赦はしねえ……」

久蔵の冷たい嘲笑が、浪人たちに浴びせられた。

浪人たちは身を翻し、我先に逃げた。

「ま、待て……」

順道のうろたえた声が追った。だが、浪人たちを呼び止めることは出来なかった。

「順道、細川の家を潰したくなけりゃあ、さっさと腹を切るんだな……」

久蔵の静かな怒りが、細川順道を鋭く貫いた。

順道は呆然とその場に座り込み、がっくりと項垂れた。

和馬と大沢が、順道と本宮を捕らえて引き立てた。

「じゃあな……」

久蔵が立ち去ろうとした。

「秋山さま……」

弥平次が呼び止めた。

「なんだい、親分」

「お京の始末は……」

「親分、和泉屋忠兵衛は、死病を苦にして自害した……」

お京は意外な裁きに驚き、久蔵を見詰めた。

「それでいいと思うが、どうだい……」

「成る程、あっしに異存はございません。いいな忠吉」

「はい。親父もきっと喜びます」

お京はこみ上げる熱い思いに言葉を遮られ、頭を下げるしかなかった。熱い思いは涙になり、静かに零れ落ちた。

「じゃあ親分、後は宜しく頼んだぜ」

久蔵は邪気のない微笑みを残し、船溜りから立ち去っていった。


久蔵は六間堀沿いに進み、猿子《さるこ》橋に出た。猿子橋の下には、船宿『笹舟』の船頭伝八が猪牙舟《ちょきぶね》を用意して待っていた。

「待たせたな……」

「いいえ。さあて、どちらに参りますか」

「八丁堀……」

「お帰りですかい」

「ああ……」

家族のところに……。

忠兵衛を亡くしたお京にも、忠吉という新しい家族が出来た。

久蔵は眼を瞑り、猪牙舟の揺れに身を任せた。

伝八の漕ぐ猪牙舟は、六間堀から小名木《おなぎ》川に進み、やがて隅田川に出た。

お京の願い通り、『和泉屋』は忠吉に受け継がれるだろう。そして、お京は身を引き、忠兵衛の菩提を弔い暮らす。それが、お京にとって本当の幸せなのかどうか、久蔵には分からなかった。

所詮、人は今しか生きられねえ……。

久蔵は呟いた。

「えっ、何か仰いましたかい」

都都逸《どどいつ》を唄いながら船を漕いでいた伝八が、久蔵の背中に声をかけてきた。

「ああ。いい喉だぜ、伝八」

「こいつはどうも、じゃあもう一節……」

久蔵は苦笑した。

「主は二十一私は十九、四十仲良く暮らしたい……」

伝八の下手な都都逸は、久蔵に心地良く響いた。

永代橋を潜った猪牙舟は、霊岸島から鉄砲洲《てっぽうず》波除《なみよけ》稲荷を廻り、八丁堀に向かって行った。

第四話 雀 凧

一

皐月《さつき》——五月。
端午《たんご》の節句が近づき、江戸の空に鯉のぼりが泳ぎ、家々は邪気を払うとされる菖蒲《しょうぶ》を軒先《のきさき》にさした。

南町奉行所臨時廻り同心蛭子《えびす》市兵衛《いちべえ》は、眠い眼を擦って蒲団《ふとん》を抜け出し、雨戸を開けた。

朝の光が、容赦なく市兵衛の眼を晦ませ、包んだ。市兵衛は大欠伸をして庭に降り、井戸端で顔を洗い、口をすすいだ。そして、濡れた手で髪を撫でつけ、髷を整えた。朝、髪結いが来なくなってもう二年が過ぎている。それは、市兵衛の妻が、下男と情を通じて逃げた直後からの事だった。

妻に逃げられた市兵衛は、それに気づいた時から人が変わった。毎朝訪れる廻り髪結いを拒否し、八丁堀七不思議の朝風呂にも行かず、他人との接触を出来るだけ断って暮らし始めた。

そんな市兵衛が、南町奉行所の臨時廻り同心を勤めていられるのは、探索能力を高く評価している与力秋山久蔵のお蔭だった。

市兵衛自身、三十俵二人扶持に未練はなかった。それなのに同心を続けているのは、事件の探索をしている時だけが、逃げた妻を忘れられるからだった。市兵衛が逃げた妻を忘れられる時は、もう一つあった。それは、子供の頃からの趣味である凧《たこ》を作っている時だった。

市兵衛の凧作りは、既に玄人《くろうと》の域に達しており、同心を辞めても凧職人として充分に暮らしていけた。

市兵衛は冷や飯に茶をかけて食べ、汚れきった羽織の裾を帯に巻いて奉行所に向かった。

八丁堀御組屋敷街には、南北両町奉行所の与力・同心が住んでいた。

既に出仕の慌ただしい時も過ぎ、組屋敷街は閑散としていた。市兵衛は北島町の組屋敷を出て、亀島町川岸通りに向かった。亀島町川岸通りは亀島川沿いにあり、数寄屋橋の南町奉行所には多少遠回りになる。だが、市兵衛は知り合いに逢う煩わしさを嫌い、遠回りを厭わなかった。

朝の潮風が、江戸湊から心地良く吹き抜けていた。市兵衛は、亀島川沿いの道をのんびりと進んだ。休もうが遅刻しようが、口煩く咎める上役は取り立てていない。

臨時廻り同心とは、定町廻り同心の予備隊的存在であるが、職務も同じで定員も六名だった。

市兵衛は亀島川沿いを進み、行く手の空に凧が揚がっているのに気がついた。

「あれ……」

市兵衛は足を止め、眩しげに空高く舞う凧を見上げた。

凧は、丸を雀《すずめ》の形にした『ふくらすずめ凧』であった。

「へーえ、ふくらすずめ凧か、珍しいな……」

市兵衛は子供のように眼を輝かせ、空高く舞うふくらすずめ凧を見上げた。

凧の種類が分かったのは、凧職人ともいえる市兵衛だったからだ。

ふくらすずめ凧は、亀島川と八丁堀の合流点にある鉄砲洲波除稲荷から揚げられていた。

ふくらすずめ凧は、江戸湊からの潮風を受けて大空に高々と舞っていた。

市兵衛は波除稲荷の境内に入り、ふくらすずめ凧を揚げている者を探した。

若い娘だった。

ふくらすずめ凧を揚げていたのは、意外にも十五、六歳の下女姿の娘だった。

娘は凧糸を器用に操り、ふくらすずめ凧を揚げていた。

「上手いもんだね……」

市兵衛は娘に声をかけた。仕事以外で自分から人に声をかけるのは、久し振りだった。

下女姿の娘は、驚いたように振り向いた。

赤い頬をした眼の大きな娘だった。

「やあ……」

「お役人さま……」

「見事なふくらすずめ凧だね」

「ふくらすずめ凧……」

下女姿の娘は、凧の名を知らなかったのか、怪訝な眼差しを向けた。

「……凧の名前、知らなかったのかい」

「あの凧、雀凧です」

「雀凧……」

「はい。お父っつあんが教えてくれました」

「そうか、お父っつあんがそう云ったのか」

「はい……」

「お父っつあん、加賀の国の生まれじゃあないのかい」

ふくらすずめ凧は、加賀国金沢地方のものだ。市兵衛は、娘の父親が加賀の出身だと見た。

「さあ、良く分かりません」

娘は凧の糸を巻き始めた。

「お父っつあん、何処にいるんだい」

「分かりません」

「分からない……」

「はい。ですからお父っつあんが作った凧を揚げて探しているんです」

「探している……」

「この凧、五年前、お父っつあんが江戸に出稼ぎに来る前、私に作ってくれたんです」

「そうか、お父っつあん、自分の作った凧に気がつけば、お前が江戸にいるのが分かるって寸法かい」

「はい……」

「出稼ぎ、何処からだい……」

「相州秦野《はだの》です……」

相州秦野の百姓である娘の父親・茂平《もへい》は、病の女房の薬代を作る為、江戸に出稼ぎにきて消息を絶った。

娘の名はお春《はる》、歳は十六。鉄砲洲波除稲荷近くの本湊町《ほんみなとちょう》の髪結床で下女奉公をしながら、五年経っても帰って来ない父親を探していた。

「お父っつあん、江戸の何処に出稼ぎに来たんだい」

「木挽町《こびきちょう》の枡屋《ますや》って酒問屋さんですが、三年前に秦野に帰ったって……」

だが、父親は秦野には戻らなかった。お春は酒問屋の口利《くちき》きで髪結床に奉公し、父親を探し始めた。

広い江戸での人探しは難しい。お春は父親の残していった雀凧を持ってきて揚げた。

江戸の空高く雀凧を揚げる……。

もし、父親が見たなら必ず自分の作った凧だと気づき、揚げている者に逢いに来る……。

お春はそう信じ、凧を揚げていた。

「それで、雀凧を揚げているのか……」

「はい。お店の暇な時に……」

お春の父親が、どうして〝ふくらすずめ凧〟を〝雀凧〟と云ったのかは分からない。単に省略したのか、それとも何か理由があるのか。

長い麻紐を尾にした雀凧は、見事な出来栄えだった。

市兵衛は、見事な凧を作った茂平に逢ってみたくなった。

「お春、お父っつあんの茂平、どんな人相なんだい」

「お役人さま、探してくれるんですか」

お春は眼を輝かした。

「ま、役目がら街を歩き廻っているからね。ひょっとしたら出くわすかもしれない」

「はい。お父っつあんは、背丈は五尺五寸ぐらいで痩せていて……そうだ、左の眉毛の上に昔、薪を割っていて怪我をした古い傷の跡があります」

「左の眉毛の上に古い傷跡かい」

「はい……」

「お春、私は南町奉行所の蛭子市兵衛だ。何かあったら訪ねて来るがいい……」

「はい。ありがとうございます」

お春は雀凧を握り締め、嬉しげに頭を下げた。


南町奉行所の同心たちは、盗賊閻魔《えんま》の鉄五郎《てつごろう》一味の探索に忙しかった。

盗賊の鉄五郎は、背中に閻魔の彫り物をしているところから『閻魔』の異名が付いており、押し込み先の者たちを情け容赦なく皆殺しにする凶賊だった。

五日ほど前、鉄五郎は手下を率いて浅草の米問屋に押し込み、店の者たちを皆殺しにして六百両もの金を奪った。

南町奉行は手の空いている定町廻り同心は勿論、臨時廻り同心たちにも閻魔の鉄五郎一味の探索をさせていた。市兵衛もその一人だったが、探索に興味は持っていなかった。

同心たちの出払った同心部屋は、五月とはいえ冷え冷えとしていた。市兵衛は上がり框《かまち》に腰掛け、出涸らしの茶を啜った。

「おう、市兵衛か……」

与力の秋山久蔵が入って来た。

市兵衛は慌てて居住まいを正した。

「これは秋山さま……」

「面倒な挨拶は止しな。丁度良かった。市兵衛、ちょいとこいつを調べてみてくれ」

久蔵は皺だらけの紙片を差し出した。

皺だらけの紙片には、『えんま、四ッ谷の三河や』と書かれ、隅に水が一滴落ちたような小豆《あずき》大の染みがあった。

「……結び文ですか」

「ああ、いつの間にか奉行所に投げ込まれていたそうだ」

「えんま、四ッ谷の三河や……閻魔の鉄五郎が、四ッ谷の三河屋に押し込む……」

「おそらくそう言いたいんだろうが、果たして信用できるかどうか……」

「本物なら、盗人仲間のたれ込みですかね」

「かもな……」

「四ッ谷の三河屋。さあて何軒あるやら……」

「だが、押し込まれてから悔やんでも仕方がねえし、金釘流だが一生懸命に書いている」

「はい……」

久蔵の指摘通り、文字は金釘流だが一生懸命に書いたものと思われた。鉄五郎たち盗賊の目を盗み、必死に書いたものに間違いない。

「確かめてみるべきだろうな」

「ええ。無駄になった時はその時……」

「ああ、酒でも呑んで忘れりゃいい」

久蔵は市兵衛に笑いかけた。つられるように市兵衛も笑った。

「よし。柳橋の弥平次が外で待っている。使うといい……」

岡っ引の弥平次とは、今までにも仕事をした事があり、気心も知れている。市兵衛が妻に逃げられた時、侮りの欠片《かけら》も見せなかった者が二人いた。

久蔵と弥平次だった。

「心得ました」

市兵衛と弥平次は、南町奉行所を出て四ッ谷に向かった。

二人は余計な言葉を交わさず、黙々と道を急いだ。

数寄屋橋御門から山下御門前の山城河岸を通り、幸橋《さいわいばし》御門、虎之御門、溜池を抜けて赤坂御門から四ッ谷御門に出た。

四ッ谷御門には、弥平次の下っ引幸吉が待っていた。先乗りをした幸吉は、四ッ谷の名主と自身番を訪ね、『三河屋』の屋号の店の洗い出しを終えていた。

元来〝三河屋〟は、家康公の出身地である三河から来た商人の屋号だが、既にその謂われは失われていた。

市兵衛と弥平次は、蕎麦屋で昼飯を食べながら幸吉の報告を受けた。

「四ッ谷界隈で三河屋の屋号の店は、合わせて二十二軒。その中で閻魔一味に狙われる程の身代の店は、八軒ぐらいだと思います」

「八軒か……」

「へい」

「幸吉、その八軒の中に油屋はあるかい」

市兵衛がかけ蕎麦を啜りながら尋ねた。

「へい。油問屋の三河屋。大木戸にいく途中の忍丁《おしちょう》と、鮫《さめ》ヶ橋《ばし》の表丁にそれぞれ一軒ずつあります」

「蛭子の旦那。三河屋は油問屋ですかい」

弥平次は市兵衛に怪訝な眼を向けた。

「うん。投げ文の隅に小豆大の油染みがあった」

「成る程、それで油問屋ですかい……」

「違うかな……」

かなりの手掛かりだ。だが、市兵衛は気負いを見せず、蕎麦の汁を最後の一滴まで美味そうに飲み干した。

「いいえ。では先ず、鮫ヶ橋の表丁から行ってみますか……」

鮫ヶ橋は小川に架かる小橋の名であり、大昔は入江であったこの辺りに鮫が現れたところから付けられた地名であった。

市兵衛と弥平次は、幸吉の案内で鮫ヶ橋坂を進み、表丁に向かった。

鮫ヶ橋表丁の油問屋の『三河屋』は、奉公人や人足たちが忙しく働き、活気に溢れていた。

市兵衛、弥平次、幸吉は、周囲に何気ない聞き込みをかけた。

「如何でした」

弥平次が市兵衛に尋ねた。

「鮫ヶ橋の三河屋は違うな……」

「ほう、何故ですかい」

「ここ五年の間、辞めた奉公人も新しく雇った奉公人もいないし、揉め事もないって話だ」

「盗賊の手引きをするような奴は、いませんかい」

「ああ。親分はどう見る」

「はい。何しろ扱っている品物は油。奉公人たちの他に、火消しの若い衆にも厳しい見回りを頼んでいるそうですから……」

強引に押し込んでも、すぐに発見されるのは眼に見えている。

どうやら鮫ヶ橋の『三河屋』は、違うようだ。

市兵衛と弥平次は、幸吉を従えて忍丁の『三河屋』に向かった。

四ッ谷忍丁は、高木九助という武士が、武州忍藩《おし》の城下からこの地に移り住んだところから名付けられた地名であった。

忍丁の油問屋『三河屋』は、大通りに面した間口の広い店だった。奉公人や人足たちは、鮫ヶ橋同様に忙しく働いていた。

市兵衛と弥平次たちは、辺りに忍丁『三河屋』の評判を聞いて歩いた。

「如何ですか……」

「親分、私が閻魔の鉄五郎だったら、こっちの三河屋を狙うよ」

市兵衛の眼が、悪戯《いたずら》をする子供のように輝いた。

「蛭子の旦那もですか……」

弥平次は苦笑した。

「うん。三代目の旦那は、親の代からの番頭に店を任せて芸者遊び。お内儀は芝居見物。盗人がつけこむ隙はいくらでもある」

「仰る通りですね」

「よし。暫く張り込んで様子をみるか……」

「ええ。幸吉、長八と雲海坊を呼んでくれ」

「へい……」

幸吉が威勢良く走り去った。

弥平次は、夜鳴蕎麦屋の長八と托鉢坊主の雲海坊に張り込みをさせるつもりだ。

「旦那、あっしは幸吉が戻るまで、ここに張り込みます」

「うん。私もつき合うよ……」

市兵衛は羽織を脱ぎ、着流し姿になった。汚れて皺だらけの着物は、市兵衛を立派な食詰め浪人にみせた。

市兵衛と弥平次は、『三河屋』の表が見通せる一膳飯屋に入り、窓際の席を占領した。

『三河屋』の裏手に続く路地から、初老の男が五歳程の女の子の手を引いて出て来た。

初老の男は『三河屋』の下男であり、五歳程の女の子は着ている物からみて『三河屋』の娘に違いない。

下男は娘をあやし、その手を引いて忍丁裏の路地に入っていった。

市兵衛は、下男の人相を見て戸惑っていた。何処かで聞いたような人相だった。

「三河屋の娘と下男ですか……」

「ああ、ちょっと見てくる」

市兵衛は一膳飯屋を出て、下男と女の子を追った。

下男と幼い女の子は、忍丁裏の稲荷堂の境内で遊び始めた。

市兵衛は、物陰から初老の下男を見守った。初老の下男の左の眉の上には、古い傷跡があった。

「左眉の上の古傷……」

何処かで聞いた人相……。

初老の下男の顔は、凧を揚げていたお春の行方知れずの父親の人相に似ていたのだ。

左眉の上の古傷だけで、下男をお春の行方知れずの父親とは決められない。仮に父親だとして、何故お春たち家族に連絡をしないのか、その理由を突き止めなければならない。

「仲良し、仲良し……」

『三河屋』の幼い娘は、唄うように叫びながら下男を相手に楽しげに遊んでいた。

娘は下男に心の底から懐《なつ》いている。そして、初老の下男も幼い娘を可愛がり、子守りを楽しんでいた。

「仲良しか……」

市兵衛は、楽しげに遊ぶ二人を見守った。

二

夕暮れ時、薄汚い托鉢坊主が現れ、『三河屋』界隈をのんびりと托鉢して歩いた。そして、日が暮れた後、『三河屋』の斜向《はす》かいに夜鳴蕎麦屋が店を開いた。

托鉢坊主と夜鳴蕎麦屋が、弥平次の手先の雲海坊と長八なのはいうまでもなかった。

忍丁の油問屋『三河屋』は、昼は鋳掛屋の寅吉、夜は夜鳴蕎麦屋の長八の監視下に置かれた。寅吉と長八は、不審な者を洗い出し、雲海坊がその正体を調べるのだ。

『三河屋』は、三代目の主《あるじ》夫婦と二人の娘。番頭が二人に手代と丁稚《でっち》が八人。そして、女中が三人に下男が一人いた。

「……二人の番頭と手代の二人は通いで、夜は主一家四人と十人の奉公人か……」

「へい、都合十四人。閻魔一味が皆殺しにするには手頃な人数です」

幸吉が弥平次に答えた。

「で、奉公人の中に妙な奴はいないのかい」

「へい。一応、身元は確かな者ばかりですが、裏の事はまだ……」

如何に身元が確かな者でも、博奕や女、借金などで道を踏み外すことがある。

悪党はその匂いを敏感に嗅ぎつけ、つけ込んで来るのだ。

「さて、どうなることやら……」

後は長八や雲海坊たち手先が、どのような手掛かりを摑んでくるか待つしかなかった。

「幸吉、下男は何て名前だい」

市兵衛が尋ねた。

「確か平吉《へいきち》とか……」

茂平じゃあない……。

お春の父親と眉の上の古傷は同じでも、名は違った。

「平吉か……」

「へい、一年前に下男に雇われています」

「請け人は誰だい」

当時、奉公をするのも家を借りるのにも、身元引受人が必要だった。

「大木戸の傍の大延寺の住職です」

「寺の住職か……」

「へい。平吉は元々大延寺の寺男でして、三河屋はその大延寺の檀家で、法事の時、末娘のお千代《ちよ》の子守りをしたのが縁で三河屋の下男に雇われたそうです」

「末娘のお千代か……」

「ええ、五歳でして、平吉に懐き、随分とお気に入りだそうですよ」

「そうか……」

市兵衛は、楽しげに遊ぶ平吉とお千代の姿を思い出した。

「蛭子の旦那、下男の平吉が何か……」

「いや。別に……」

平吉にこだわり過ぎている。

それは、雀凧を揚げていたお春のせいに他ならない。

いずれにしろ張り込みは始まったばかりだ。

投げ文の情報は、果たして正しいのか……。

仮に正しいとして、閻魔の鉄五郎が押し込もうとしている〝四ッ谷の三河屋〟が、忍丁の油問屋の『三河屋』と決まった訳ではない。

暫くは監視を続けるしかないのだ。

久蔵は、見慣れぬぐい飲みで酒を楽しんでいた。

「忍丁の油問屋か……」

「はい。投げ文の隅に小豆大の油染みがあったとか……」

「ああ、市兵衛も抜け目がねえな。云う通りだぜ……」

「流石は蛭子の旦那ですね」

弥平次は感心した。

「って事は、親分が見てもその三河屋、危ねえのかい」

「ええ、あっしが盗賊なら狙いますね」

「よし、このまま市兵衛に任せるか……」

「そりゃあもう……。それにしても投げ文は誰の仕業でしょうね」

「おそらく閻魔の手下だと思うが、非道な押し込みに嫌気がさしたんだろう」

「ええ……」

香織とお福が、酒と肴を持って来た。

「お待たせ致しました……」

香織が鰹《かつお》の生姜煮を差し出した。

「ほう、鰹の生姜煮かい……」

「はい。旦那さま、親分、お嬢さまがお造りになられたのですよ」

お福が嬉しげに告げた。

「もう、お福ったら……。親分はいつも美味しいお料理、食べているから……」

「なあにお嬢さま、飯屋の味と御家庭の味は、違うのが当たり前、それぞれの美味しさがあるのですよ」

「流石は親分。そうなんですよ、お嬢さま。ささ、どうぞお召し上がりを……」

久蔵が苦笑しながら箸をつけた。その夜、四ッ谷忍丁の油問屋『三河屋』に変わった事は何もなかった。


市兵衛と寅吉たちの張り込みは、翌日も続けられた。だが、不審な者の出入りも、店に変わった様子もなかった。

下男の平吉は、店の周囲の掃除や使いなどの様々な雑用を終え、お千代を連れて稲荷堂に遊びにいった。

平吉とお千代は風車をかざし、稲荷堂の狭い境内を楽しげに走り廻った。

風車は普通の物より大きく、鮮やかな色の千代紙が貼られていた。手作り……。

市兵衛は、お春の揚げていた雀凧を思い出した。お春の雀凧は、行方知れずの父親茂平の作ったものだ。そして、風車が平吉によって作られたものならば、手先の器用なところが二人の共通点となる。

左眉の上の古傷、手先の器用さ……。

平吉が茂平につながるものが、また一つ現れた。

市兵衛は我慢が出来なかった。

お千代と遊んでいる平吉にいきなり声をかけた。

「茂平さん」

平吉の背が僅かに震えた。市兵衛は見逃さなかった。

だが、平吉は振り向きはしなかった。

「茂平さん……」

市兵衛は再び呼びかけた。

平吉は漸く振り返った。怪訝さに溢れた眼差しだった。

「お侍さま、私をお呼びですか」

「ああ……」

「でしたら、私は茂平ではございません。平吉と申します」

平吉の眼差しには、微かな迷いが含まれていた。

「平吉、いや、違う。お前は相州秦野の百姓茂平……」

市兵衛は畳みかけた。

平吉の迷いが、怯えに変わった。

「そうだろう、茂平……」

市兵衛は一気に勝負を着けようとした。

平吉の怯えが揺れ、緊張が噴き出した。

平吉が相州秦野の百姓茂平であり、雀爪を揚げるお春の父親なのだ。

「平吉」

お千代の呼び声が、市兵衛と平吉の間に飛び込んだ。

平吉は我に返った。

噴き出した緊張が、一気に冷めていった。

「へ、へい。お嬢さま……」

「もう帰る」

風車を持ったお千代が、平吉の背中に飛びついた。

「分かりました……」

平吉はお千代をおぶった。お千代の風車がからからと廻った。

ここまでだった。

落ち着きを取り戻した平吉は、市兵衛に深々と頭を下げて稲荷堂の境内から立ち去っていった。

市兵衛は見送るしかなかった。

平吉は、自分を相州秦野の茂平だと認めなかった。だが、市兵衛が見た限り、平吉は茂平に間違いない。

何故だ……。

何故、平吉は茂平だと認めないのだ。

そこには、茂平だと認めては拙《まず》い理由があるのだ。

そいつが何か……。

市兵衛は思いを巡らし、一つの結論に辿り着いた。

その夜、市兵衛は奉行所に戻り、盗賊閻魔の鉄五郎と配下たちの僅かな情報を調べた。

閻魔の鉄五郎に人相書はなく、甲州生まれの浪人としか分からなかった。配下たちも大鴉《からす》の藤八、百足《むかで》の鬼吉、鯰《なまず》の千太、七化けの長治、武州無宿の為造、相州無宿の茂平、常陸無宿の吉松などと、名前以外の詳しい事は一切分からなかった。

市兵衛は気づいた。

鉄五郎配下の相州無宿の茂平と、お春の父親の相州秦野の百姓茂平……。

二人は同一人物に違いない。

市兵衛は、昼間辿り着いた結論を確かめた。

平吉が自分を茂平と認めない理由、それは盗賊だからなのだ……。

雀凧を揚げるお春の顔が、同心部屋の暗がりに浮かんで消えた。

八丁堀の空は晴れ渡っていた。だが、その空に雀凧は揚がっていなかった。

市兵衛は亀島川沿いを進み、八丁堀に架かる稲荷橋を越えて鉄砲洲波除稲荷を覗いた。

波除稲荷の境内にお春はいなかった。

市兵衛は海沿いを本湊町に向かった。

江戸湊は陽に煌めき、海風が心地良く吹き抜けていく。

お春の奉公する髪結床は、佃《つくだ》の渡し場近くにあった。

市兵衛が行った時、お春は髪結床の表の掃除をしていた。

「あっ、お役人さま……」

お春はめざとく市兵衛を見つけ、駆け寄って来た。

「やあ、今朝は雀凧、揚げないのかい」

「はい。いろいろ忙しくて……それよりお役人さま、お父っつあんのこと、何か分かったんですか」

お春は期待に満ち溢れていた。

「お春、残念ながらそいつは未だだよ」

「……そうですか」

「それよりお春、どうしてもお父っつあん、見つけたいのかい」

「はい、どうしても……」

「理由、教えてくれないかい……」

「お役人さま、私、十日後には小田原のお女郎屋に身売りするんです」

「はい。病で死んだおっ母さんの薬を買う為、随分お金を借りたから……」

「その借金を返す為の身売りかい……」

「はい。借りた二十五両、身売りしたお金でもう返して……一ヶ月の暇を貰って
お父っつあん、江戸に探しに来たんです」

「おっ母さんが死んだ事と身売りの事、お父っつあん、知っているのかい」

「いいえ……」

お春は俯き、首を横に振った。

「だから、お女郎さんになる前にお父っつあんに逢いたい。そう思って……」

お春の眼に涙が光った。

女郎になると、百姓の父親とは二度と逢えなくなるかも知れない。いや、身を
落とした自分を恥じ、逢いたくなくなるかも知れない。

女郎になることは、茂平と娘お春の親子の縁が切れることなのだ。

お春はそう覚悟していた。

「逢えるよ……」

「……お役人さま」

「身売り……」

「お春、お父っつあんと必ず逢える。私が約束するよ」

「はい……」

お春の眼に涙が零れ、頰を伝った。

市兵衛は約束した。約束をするしかなかった。


和馬と大沢欽之助たち定町廻り同心の探索は、遅々として進まなかった。

久蔵は、和馬や大沢の報告を纏めた。数少ない情報で分かったのは、閻魔一味が押し込み先に仲間を入れて手引きをさせている事ぐらいだった。

今は例の投げ文に賭けてみるしかない……。

久蔵は南町奉行所を後にし、柳橋の船宿『笹舟』に向かった。


弥平次は雲海坊の報告に首を捻った。

「蛭子の旦那がな……」

「ええ。どうやら平吉って下男に目をつけているらしいんですが、あっしたちには何も仰らないんです」

雲海坊は戸惑いを浮かべていた。

「その下男、どんな野郎なんだい」

久蔵が問い質した。

「へい。歳の頃は五十歳前後のどうってことのない親父で、強《し》いていえば五歳の末娘に気に入られているぐらいですか……」

「そうか……」

何処にでもいる只《ただ》の下男のように思えた。だが、市兵衛が目をつけたとしたら、何らかの理由がある筈だ。

「その平吉って下男、閻魔の鉄五郎一味なのかもしれませんね」

「うむ……」

「でしたらあっしたちにも詳しい事、教えてくれなきゃあ……。何を考えているのか、蛭子の旦那……」

雲海坊が苛立ちを浮かべた。

「雲海坊……」

弥平次が短く窘《たしな》めた。

「へい……」

「なあに遠慮は無用だ。分かった雲海坊、市兵衛は俺がけじめを着ける。それより、閻魔一味が忍丁の三河屋を狙う格別なわけ、何かあるのかい」

「それなんですが、忍丁の三河屋は、昔から界隈《かいわい》の大名屋敷や寺に油を納めていましてね」

千駄ヶ谷・鮫ヶ橋一帯の四ッ谷は、町家より武家屋敷と寺社地が多い処だった。

「……そろそろ一年分の油代のかけ取り集金の日だとか。格別なわけがあるとしたら、そいつぐらいですか」

「ほう。集金、幾らぐらい集まるんだい」

弥平次の眼が微かに輝いた。

「へい、それが大名屋敷は払いが悪くてはっきりしないそうですが、寺からはざっと四百から五百両程、集まるそうです」

「雲海坊、そんなことが良く分かったな」

「それが親分、妙に浮かれた手代がいましてね。長八さんの屋台に来たので酒を振舞ったら、いろいろ教えてくれたんですよ」

「締まりのない店かい……」

「へい」

締まりのない店程、悪党につけ込まれる。

「そいつだな……」

「秋山さま……」

「親分、雲海坊、閻魔の一味が狙っているのは、きっとその集めた金だ」

「はい。奴らは金が一番集まった時、押し込むつもりなんでしょう」

「ああ、その日がいつかだ……」

「三河屋の見張り、増やしますか」

「いいや。奴らが何処で見ているか分かりゃあしねえ。今暫く、このままでいくぜ」

久蔵は的を絞った。


風呂敷包みを持った平吉が、二番番頭に見送られて出掛けた。おそらく二番番頭に使いを頼まれたのだろう。

平吉は僅かに身を屈《かが》め、足早に四ッ谷大木戸に向かっていった。

市兵衛は充分に間合いを取り、慎重に尾行した。

平吉は水番前を抜けた。

水番とは、玉川上水を管理する番小屋であり、傍に四ッ谷大木戸がある。

四ッ谷大木戸は、甲州街道や青梅街道から江戸市中への入口だった。

平吉は大木戸を抜け、内藤新宿に入った。

内藤新宿は、甲州街道と青梅街道の合流地であり、人と物が行き交う宿場だ。

だが、それ以上に内藤新宿は、百五十人の飯盛女《めしもり》が許された遊里として名高く繁盛していた。

平吉は内藤新宿を進み、青梅街道と甲州街道の合流地であり分岐点でもある追分の高札場を抜け、天龍寺の門を潜った。

平吉は天龍寺の庫裏《くり》に寺男を訪ね、預かってきた物を渡して使いを終えた。

今のところ、平吉に不審な点はない……。

市兵衛は、平吉の行動を監視し続けた。

平吉は天龍寺の境内を出た。

天龍寺の前には玉川上水が流れ、追分の高札場があった。高札場の傍には、経を読む托鉢坊主がいた。托鉢坊主は雲海坊に負けず劣らず薄汚く、経も決して上手くはなかった。

平吉は、托鉢坊主が手にした古椀に紙包みのお布施を入れ、足早に追分を抜けた。

市兵衛は物陰で平吉を見送り、托鉢坊主の監視を始めた。

平吉は托鉢坊主にお布施をやった。お布施は紙に包み、托鉢坊主がいるのを分かっていたかのように用意してあった。渡すべきものはお布施ではなく、包んであった紙なのだ。

繋ぎ……。

平吉は托鉢坊主に何事かを伝えた。

市兵衛は確信した。平吉と托鉢坊主は、閻魔の鉄五郎配下の盗賊なのだ。平吉は下男として『三河屋』に入り込み、押し込みの手引きをするのが役目なのだ。そして托鉢坊主は、平吉からの報せを閻魔の鉄五郎に伝えにいく筈だ。

托鉢坊主を追う……。

市兵衛は物陰に身を潜め、托鉢坊主の動くのを待った。

平吉は盗賊に間違いない。そして、平吉が相州秦野の茂平なら、お春の父親は盗賊なのだ。

相州秦野の百姓茂平は、行方知れずになってから盗賊になった。それとも、盗賊になったから行方知れずになったのか……。

お春の哀しげな顔が浮かんだ。

今の市兵衛に出来る事は、托鉢坊主が動くのを待つだけだった。

風が吹き抜け、旅人や荷車が行き交う追分に土埃を舞いあげた。

半刻が過ぎた頃、托鉢坊主が動いた。

市兵衛は追った。

托鉢坊主は内藤新宿の通りを西に進んだ。

青梅街道の左右には、尾張藩付家老成瀬隼人正の下屋敷をはじめとした武家屋敷が連なり、やがて柏木・成子《なるこ》・淀橋となる。それらの町の南に田畑が広がり、十二社権現《じゅうにそうごんげん》があった。

十二社権現は、紀州熊野権現の十二社の神を勧請《かんじょう》した古社であり、その周辺は景勝の地として名高かった。

托鉢坊主は、十二社権現の入口である淀橋の傍の茶店に入った。茶店は百姓家を改造したもので、どうやら木賃宿を兼ねているようだった。

托鉢坊主は木賃宿に泊まっているらしく、茶店の奥に入っていった。

市兵衛は茶店を張り込み、托鉢坊主が動くのを監視した。

一刻程が過ぎた。

托鉢坊主はもう動かないのか、それとも既に坊主の衣を脱ぎ捨てて出掛けたのか……。

市兵衛は張り込みを諦め、四ッ谷忍丁の油問屋『三河屋』に戻った。

お春の父親の茂平が、盗賊閻魔の鉄五郎一味なのは間違いない。だが、それを証明する証拠は、未だ何もないのだ。証拠がない限り、茂平を盗賊とは断定出来ない。

それならそれでもいい……。

市兵衛はそう思った。その時、お春の顔が、市兵衛の脳裏を横切ったのはいうまでもなかった。

家康公の時代、江戸城築城の資材としての石灰を運ぶ為に切り開かれた青梅街道は、初夏の夕暮れの日差しに赤く染まっていた。

三

『三河屋』は、番頭と手代たちが二日後に近づいた集金日に向けて準備をしていた。だが主の富次郎は、全てを一番番頭に任せて妾の元に行っていた。

『三河屋』の裏には納屋があり、その中に下男の平吉が暮らす小部屋があった。

小部屋には夜の闇が忍び込み、薄い蒲団に寝ている平吉を包み込んでいた。

平吉は眠れなかった。

眠れない夜は、お稲荷堂であの侍に声をかけられた日の夜から続いていた。

相州秦野の茂平……。

何故、あの侍は本名を知っていたのだろう。

町奉行所の役人が、動き始めたのか……。

だが、町奉行所の同心にしては、着流しにした着物は薄汚く、無精髭は伸び、髷は不恰好に潰れていた。

町奉行所の同心は、粋で小奇麗な姿をしている筈だ。だが、侍が只の浪人とも思えなかった。

一体、誰なんだ……。

平吉は闇を見詰めた。

女房のおときと娘のお春の顔が、闇に滲むように現れた。

「おとき、お春……」

おときとお春の顔は、平吉の呟きと共に揺れて消えた。

闇を見詰める平吉の目尻から、一筋の涙が頬を伝って落ちた。

直径二尺程の二重丸の外側の丸を、三角の嘴《くちばし》、両方の翼、そして尻尾とし、残りを切り棄てると雀の形になる。

市兵衛は慎重な手つきで、それを割竹と竹ひごの骨組みに貼りつけた。

市兵衛は吐息を洩らし、現実に戻った。

凧を作っている時だけが、全てを忘れて無心になれた。

逃げた妻や事件、生きていく煩わしさと虚しさ……。

凧作りは、市兵衛に何もかも忘れさせてくれた。


『三河屋』の丁稚が、長八の屋台に駆け込んできた。

「そこの三河屋だけど、蕎麦を十杯」

丁稚は張り切って注文した。

『三河屋』の一番番頭以下手代と丁稚の十人が、集金日に備えてかけ取りの請求書を作っているのだ。

「へい、蕎麦十杯、只今」

長八の威勢のいい返事を聞き、丁稚は店に駆け戻っていった。

「夜食は蕎麦、旦那の手配りかな……」

屋台の隅で久蔵が酒を呑んでいた。

「いいえ、きっと一番番頭の奢《おご》りですよ」

長八が手際よく蕎麦を作り始めた。

「ふん。馬鹿な旦那を持った番頭は、苦労するな。よし、俺も手伝うぜ……」

久蔵は手拭で頬被りをし、着物の裾を端折《はしょ》って長八の半纏を纏った。


『三河屋』の潜り戸が開いた。

「おまちどおさま……」

『三河屋』の二人の丁稚は、長八と久蔵が届けた蕎麦を番頭や手代に配った。番頭と手代たちは、帳簿や算盤を片づけ、蕎麦を受け取った。

「遅くまで、精がでますね……」

長八が顔見知りの二番番頭に声をかけた。

「ああ、そいつももうじき終わりだよ」

二番番頭が欠伸混じりに答えた。

集金の日は近づいている。

「お代、幾らだい……」

一番番頭が、二番番頭を睨んで遮ってきた。

「へい、十杯で……」

一番番頭が、長八に蕎麦代を払った。

久蔵は、片づけられた帳簿や覚書などを盗み見た。様々な書類には、投げ文に書かれていた文字はなかった。

「ありがとうございました」

長八が蕎麦代を受け取り、礼を述べた。

久蔵は長八を真似て礼を云い、続いて『三河屋』を出た。


「何か分かりましたか」

「ああ、投げ文を放り込んだ野郎、あの中にはいねえよ」

「となると、閻魔の鉄五郎と一緒にいるんですかね……」

「いいや、帳場にいなかった奴……」

「……下男の平吉ですか」

「ああ、きっとな……」

市兵衛が目をつけた通りなのだ。だが、市兵衛が目をつけた理由は分からない。

『三河屋』に金が集まる日は近い。

潮時がきた……。

久蔵は市兵衛を呼ぶことにした。


市兵衛は頭を下げ、久蔵の言葉を待った。

南町奉行所の御用部屋は、与力同心たちの出仕時間の巳の刻四つ時を前にし、静けさに包まれていた。

「……三河屋の下男の平吉、どうなってんだい」

ここまでだ……。

久蔵の声音には、無駄な時を過ごす余裕は感じられなかった。

「おそらく閻魔の一味かと……」

「やっぱりな。で、どうする」

「秋山さま、一味の隠れ家は……」

「大沢たち定町廻りがやっているが、まだまだのようだ」

「ですが、押し込みは近い……」

「その通りだ。三河屋のかけ取り集金の日は、ここ数日の間。おそらく閻魔の野郎は、もうその日を知っている筈だ」

平吉が追分の高札場で托鉢坊主に繋いだのは、おそらくかけ取り集金の日なのだ。

「では、密かに三河屋の主《あるじ》・富次郎か番頭たちに……」

「そいつは無理だ。主の富次郎や二番番頭辺りが知れば、隠せといっても大騒ぎになり、俺たちの手が廻っているのを平吉に知られるだけだぜ。違うかい……」

「三河屋の連中には一切内緒で、閻魔一味を捕らえますか」

「ああ。平吉を使ってな……」

「平吉を……」

「市兵衛、投げ文を投げ込んだ奴は……」

「平吉ですか」

「ああ。つまり平吉は、閻魔一味の三河屋押し込みを食い止めて欲しいんだぜ」

「……秋山さま」

「理由は分からねえがな……」

「どうします」

「平吉のその気持ちに賭けてみるしかあるめえ」

「では……」

「ああ、もうのんびりしちゃあいられねえ。どんな手を使ってでも平吉に吐かせるんだ。いいな」

「心得ました」

市兵衛は御用部屋を出た。

同時に背筋に寒気を覚えた。肌襦袢《はだじゅばん》がいつの間にか汗で濡れていた。市兵衛は漸く気がついた。

平吉が自分を相州秦野の茂平だと認めれば、盗賊閻魔の鉄五郎の配下だと証明する事になる。

おそらく平吉は、自分が茂平だと認めはしないだろう。だが、娘のお春と逢って言葉を交わすには、相州秦野の茂平だと認めるしかない。

ついてない……。

市兵衛は自分の役回りを嘆き、覚悟を決めた。

お春は眼を輝かせた。

「本当ですか」

「ああ、親方に話しはつけた。雀爪を持って一緒に来るんだよ」

「はい」

お春は髪結床に駆け込んだ。

髪結床は、朝の忙しさが一段落しており、親方はお春の外出を許した。

江戸湊には白帆の船が停泊し、艀《はしけ》が忙しく行き交っていた。

市兵衛はお春を連れて四ッ谷に急いだ。

お春の足取りは、父親に逢える期待に軽かった。

二人は木挽町から汐留《しおどめ》橋を渡り、芝口、虎之御門、溜池、赤坂を抜けて四ッ谷に入った。

お春の持つ雀爪は、行き交う人々を時々振り返らせた。

その日の朝、忍丁の油問屋『三河屋』の番頭と手代たちは、かけ取りの請求書を持って四ッ谷一帯の武家屋敷と寺や神社に散った。

『三河屋』には二人の手代と丁稚たちが残り、旦那の富次郎の指図で働いていた。

奥向きの雑用を終えた平吉は、店の表の掃除を始めた。

「凧だよ」

「珍しい凧だね……」

行き交う人々の声が、掃除をする平吉の耳に届いた。行き交う人々が、空を見上げながら通り過ぎていく。平吉は人々の視線の先を見上げ、大空に揚がっている雀凧に気がついた。

雀凧……。

平吉は驚愕に激しく突き上げられ、混乱に叩き込まれた。

雀凧。俺が作った雀凧だ……。

平吉は雀凧の糸を追って走った。

誰だ、誰が揚げているのだ。

平吉は混乱しながら走った。

雀凧の糸は、三河屋の裏にある稲荷堂に続いていた。

平吉は稲荷堂の表で止まった。

稲荷堂の境内では、下女姿の娘が背を向けて雀凧を揚げていた。

平吉は咄嗟《とっさ》に木陰に隠れ、下女姿の娘を見守った。

お春……。

如何に後姿で顔が見えなくても、何年も逢っていなくても、自分の娘が分からないわけはなかった。

お春の他に境内に人影はなかった。だが、平吉は躊躇い、思わず後退りした。

「逢わないのかい……」

背後からの声に平吉が振り向いた。

市兵衛がいた。

「……お春に逢わないのかい、茂平」

「お侍さま……」

やはり役人だった。

「自分の作った雀凧、忘れたのかい、茂平」

「私は茂平ではございません。三河屋の下男の平吉です」

「いいや、お前は相州秦野の百姓茂平。盗賊閻魔の鉄五郎一味の相州無宿の茂平。そうだろう」

「違う」

平吉は思わず声を荒げた。

お春が気づき、振り返った。

平吉が慌てて逃げようとした。咄嗟に市兵衛が、平吉の腕を捕まえた。平吉は足を縺《もつ》れさせて倒れた。

「お父っつあん……」

お春は平吉に嬉しく呼びかけ、駆け寄ろうとした。

「違う。私は平吉だ」

平吉は厳しく怒鳴り、お春を拒否した。

「……お父っつあん」

お春は愕然として立ち止まり、半泣きで呟いた。

「私は平吉だ。三河屋の下男の平吉なんだ」

平吉は必死に訴えた。

「いいや、お前はお春の父親の茂平だ。そうだろう、お春……」

お春は動揺した。

「違う。私は茂平なんかじゃあない。只の平吉だ。平吉なんだ」

「お春、本当の事を話してくれ。こいつは父親の茂平だな……」

「お役人さま、この人は……この人は、お父っつあんなんかじゃありません」

「お春……」

市兵衛は戸惑った。

お春は、市兵衛を拒否するように雀㕷の糸を巻き始めた。

「その人は、私のお父っつあんじゃありません。何処の誰で、何をしている人なのかも知りません」

お春は叫んだ。涙に濡れた叫び声だった。

お春は知った。

父親の茂平は悪事に手を染め、役人に追われる身になっていたのだ。

お父っつあんを助けなきゃあ……。

お春は咄嗟に決心した。

「お役人さま……」

「なんだ」

「お役人さまは、お父っつあんを捕まえたいから、探したんですね」

お春の希望を失った言葉が、市兵衛に鋭くつき刺さった。

「お春……」

「でも……でも、この人はお父っつあんじゃあない。お父っつあんじゃあないいんです」

お春は涙を零し、必死に訴えた。

負けた……。

市兵衛は諦めた。

「お役人さま、私、帰ります」

お春は糸を巻いた雀凧を抱え、立ち去ろうとした。

「平吉、お春の母親はな、病で死に、お春は薬代で作った借金を返す為、女郎に身売りするそうだ」

平吉は呆然とお春を見詰め、言葉もなく震えた。

「だから、行方知れずの父親に逢いたい一心で、父親が作った雀凧を揚げて探していた」

「止めて、止めて下さい。お役人さま」

お春が悲鳴のように叫んだ。

平吉のお春を見詰める眼差しが、今にも泣き出しそうになった。

「哀れな娘だ……」

市兵衛の言葉は、平吉という仮面を打ち砕いた。

「お春……」

平吉はお春の名を呼んだ。

お春が驚いたように立ち止まった。

市兵衛は平吉とお春を見守った。

平吉とお春は、時が止まったように立ち尽くし、見詰めあった。

「……お春……」

「ち、違う……」

「もう良い。もう良いんだ、お春。俺はお前の父親の茂平だ……」

「……お父っつあん」

お春が平吉に縋《すが》りついた。縋りついて泣いた。平吉はお春を抱き締めた。抱き締めて泣いた。

「お春、苦労をかけた。すまない……」

五年振りの父と娘の再会だった。

平吉こと茂平は、三年前に出稼ぎを終え、お春たちの待っている秦野に帰ろうとした。だが、土地の地回りに無理矢理いかさま博奕に誘われ、稼いだ金を巻き上げられて半殺しにされた。助けてくれたのが、旅の商家の旦那だった。

無一文になった茂平は、旦那の身の周りの世話をする下男になった。そして一年後、茂平は旦那が盗賊閻魔の鉄五郎だと知った。

茂平は逃げた。だが、追手に摑まり、半死半生の目に遭わされ、盗賊の一味にされた。

このまま見逃がしてやる……。

市兵衛の心が揺れた。

「平吉、いや茂平、閻魔の鉄五郎たちは何処にいる」

「淀橋の木賃宿に……」

「茶店の奥の木賃宿かい……」

「へい……」

十二社権現前の淀橋にある茶店が、盗賊閻魔の鉄五郎一味の隠れ家だった。

平吉の役目は終わった。

「よし、お春、このままお父っつあんと江戸から逃げるんだ」

「お、お役人さま……」

お春は喜び、平吉は戸惑った。

「盗賊や役人の眼の届かない処に逃げるんだ」

「そうはいかねえ」

久蔵の厳しい声が響いた。

市兵衛は思わず平吉とお春を庇った。

着流しの久蔵が、弥平次を従えて現れた。

「平吉、いや茂平には、今のままでいて貰うぜ」

「秋山さま……」

「今、茂平が三河屋から姿を消せば、閻魔一味は町方の手が廻ったと思い、すぐに逃げてしまう」

「ですが……」

「そして、鉄五郎たちは茂平を裏切り者として、地獄の底まで追う……」

おそらく久蔵のいう通りなのだ。今、茂平が逃げれば、生涯に亘って凶暴な盗賊に怯え暮らさなければならない。

「市兵衛、茂平を助けたければ、閻魔の鉄五郎一味を根絶やしにするしかねえんだ」

「蛭子の旦那、茂平とお春は、この弥平次が力の限りを尽くして守りますよ」

「弥平次……」

「お任せを……」

『三河屋』は、既に弥平次の監視下に置かれている。弥平次は今、それ以上の手配りをしているのだ。

「市兵衛、捕物出役だ」

「はい……」

茂平とお春の為には、閻魔の鉄五郎を始末するしかない……。

市兵衛は密かに決意した。


亥の刻、町木戸も閉まり、十二社権現前の淀橋は静けさに包まれていた。大戸を閉めた茶店は、奥の木賃宿だけに明かりが灯っていた。

閻魔の鉄五郎と手下たちは、『三河屋』の図面を覗き込んでいた。

「で、長治、かけ取りの金が集まるのは明日なんだな」

「へい。夕方、茂平がそう……」

七化けの長治が、托鉢坊主に化けて『三河屋』の様子を窺いに行った時、茂平は稲荷堂から戻ったばかりだった。

「茂平に変わった事はねえんだな」

「へい、いつも通りで……」

「よし。押し込みは明日の夜。茂平のいる裏から忍び込み、かけ取りで集めた金のすべてを戴く……」

大鴉の藤八、百足の鬼吉、鯰の千太、七化けの長治たち手下が、声を揃えて返事をした。

その時、轟音が鳴り、茶店が大きく揺れた。

大鴉の藤八が行燈の灯を素早く消し、手下たちが弾かれたように立ち上がった。

轟音と揺れが続いた。

脇差を握った藤八たちが、茶店に走った。

龕灯《がんどう》の灯りが、手下たちの眼を晦ませた。

「南町奉行所である。盗賊閻魔の鉄五郎と一味の者ども、最早逃げられぬと観念致し、神妙にお縄を受けるがよい」

筆頭同心が、捕物出役用の長十手を額に斜めに翳して叫んだ。

「馬鹿野郎」

手下たちが、辺りの物を投げつけ、我先に逃げようとした。

捕物出役姿の南町奉行所同心たちが、叩き壊した大戸を踏んで雪崩《なだれ》込んだ。

和馬と大沢欽之助が、猛然と長十手を振るって手下たちを次々と殴り倒し、奥の木賃宿に向かった。捕り方たちが、叩きのめされた手下たちに縄を打っていった。

閻魔の鉄五郎は裏に逃げた。裏は十二社権現に繋がる田畑だ。畑に逃げ込み、そのまま甲州街道を走って朱引の外に逃げる。朱引の外は、既に江戸ではなく町奉行所の手は及ばない。

鉄五郎は捕り方を蹴散らして裏に出た。

市兵衛がいた。

鉄五郎は怯んだ。

「……お前が閻魔の鉄五郎かい」

「手前……」

「神妙に南町奉行所同心蛭子市兵衛のお縄を受けるんだね」

「煩せえ」

「大人しくしなきゃあ命はないよ」

「ふん。捕物出役は刃引きの刀。斬れるものなら斬ってみろ」

鉄五郎は脇差に唸りをくれて市兵衛に斬りかかった。

市兵衛は素早く躱し、刃引きの刀で鉄五郎を打ちのめした。鉄五郎が思わず膝を突いた。刹那、市兵衛は刃引きの刀を鉄五郎の首筋に突き刺した。

「死んで貰うよ……」

市兵衛が刃引きの刀に身体を預けた。

鉄五郎は首を刺し貫かれ、獣のような呻き声をあげた。断末魔の呻きだった。

「刃引きの刀を嘗《な》めちゃあいけねえな」

久蔵が苦笑を浮かべていた。

「秋山さま。生かして捕らえるのが我等町方の役目……」

「固い事を抜かすんじゃあねえ市兵衛。捕物は相手も必死。思い通りにいけば、誰も苦労はしねえさ」

「秋山さま……」

「我等町奉行所は生かして捕らえるのが役目。だが、手に余ればその限りに非ず。遠慮はいらねえ叩き斬れ」

久蔵の容赦のない声が、闘いの中に響き渡った。

隅田川からの風が、船宿『笹舟』の座敷を吹き抜けていく。

弥平次は茂平に暇を取らせ、『笹舟』に連れて来ていた。

「親分さん、閻魔のお頭たちは……」

「閻魔の鉄五郎は死に、手下たちは皆、捕らえられたそうだよ」

「そうですか……」

自分も盗賊の一味として罪を問われる。茂平は覚悟を決めていた。

「お前さん、蛭子の旦那がお見えですよ」

女将のおまきが、市兵衛とお春を案内してきた。

「如何でした、旦那」

「ああ、髪結床の親方、快く納得してくれたよ」

「そいつは良かった……」

市兵衛は髪結床の親方に話を着け、お春に暇を取らせて来たのだ。

茂平とお春は、座敷の隅に心細げに身を寄せ合っていた。

やがて久蔵がきた。

「待たせたな……」

「秋山さま……」

市兵衛が、緊張した顔を久蔵に向けた。

「市兵衛、嚙みつくようような顔をするんじゃあねえや」

「は、はい……」

「大鴉の藤八たち手下が、何もかも白状した」

「白状……」

「ああ、押し込みを企み、三河屋に茂平を下男として潜り込ませたとな……」

久蔵は、部屋の隅で緊張している茂平に目を向けた。

「茂平……」

「へい……」

「閻魔の一味になった理由、お前の云った通りだったぜ」

「へ、へい……」

「それでな。相州無宿の茂平は、俺に叩き斬られて死んだ事になった」

茂平は驚いた。

「秋山さま……」

市兵衛が、意外な面持ちで久蔵を見詰めた。

「茂平、この結び文、お前が投げ込んだな」

久蔵は、南町奉行所に投げ込まれた結び文を見せた。

「……へい。三河屋のお千代さまのお世話をしている内に……。閻魔の鉄五郎は、押し込み先の者を皆殺しにする非道な盗賊。お千代さまをお助けしたかった。ですから、三河屋にお役人さまの目が光れば、押し込みを止めると思い、結び文を……」

だが、久蔵と弥平次たちの動きは巧妙であり、盗賊たちを警戒させなかった。茂平の思惑は外れた。

「申し訳ございませんでした……」

茂平は深々と頭を下げた。

「大方、そんな事だろうと思ったぜ。で、後腐れのねえように、盗賊一味の茂平は死んだ事にしたわけだ」

「成る程、もし閻魔一味の残党がいたとしても、茂平は死んだと……」

「ああ、幾ら盗賊でも死人に手出しは出来ねえだろう」

「あ、ありがとうごぜいやす……」

「それでな、茂平。こいつを持って小田原に行き、借金を返してお春を自由にするんだぜ」

久蔵は切り餅を茂平に差し出した。切り餅は、二十五枚の小判を包んだものだ。

茂平とお春は、久蔵の言葉に眼を見張った。

「心配するねえ、怪しい金じゃあねえ」

久蔵は苦笑した。

「茂平、お春を連れて誰も知らねえところに行き、生まれ変わって暮らすんだぜ。いいな」

「秋山さま……」

「市兵衛、悪いが、俺にはこれぐれえしか出来ねえんだよ」

「も、勿体ない……」

市兵衛が深々と頭を下げ、茂平とお春が泣き崩れた。

「茂平、お前、生まれは加賀だな」

市兵衛は茂平に向き直った。

「へ、へい。左様ですが、どうして……」

「お前の作った雀凧だ」

「雀凧……」

「ああ、本当はふくらすずめ凧と云い、加賀の凧だと聞いている」

「へい。仰る通り、私は加賀の生まれで、十五の時に家を飛び出し、二十の時に秦野に落ち着きました」

「だったら、加賀にでも帰って静かに暮らすんだ。それが秋山さまへの御恩返しだよ」

「へい……」

「市兵衛、もういいじゃあねえか、親分……」

「はい。おまき……」

弥平次が明るい声でおまきを呼んだ。

おまきが待っていたかのように、仲居たちと酒と料理を運んできた。

「さあ、一杯やろうぜ……」

久蔵は嬉しげに盃を手にした。

翌日、茂平とお春は、下っ引の幸吉に付き添われて相州に帰っていった。


「義兄上、義兄上……」

香織の弾んだ声が久蔵を呼んだ。

「どうしたい」

久蔵は香織のいる庭に降りた。香織が竹箒《たけぼうき》を握り、空を見上げていた。

「あれを御覧下さい」

香織が大空を指差した。

指の先の空には、雀凧が舞い上がっていた。

「珍しい凧ですね」

「雀凧だ……」

「雀凧……ほんと、雀の形ですね」

八丁堀の空に、雀凧は高々と舞い上がっていた。

市兵衛の野郎、仕事もせずに凧揚げか……。

久蔵は苦笑し、空を舞う雀凧を眩しげに見上げた。

第五話
切腹

一

七月——文月《ふづき》。

七夕が近づき、家々は色紙や短冊、紙製の瓢簞《ひょうたん》や吹流しを飾った竹を軒先に高々と飾った。

南町奉行所与力秋山久蔵は、奉行の荒尾但馬守成章《あらおたじまのかみなりあき》に呼ばれた。

奉行所の奥座敷には、夏の終わりを告げる微風が吹き抜けていた。

久蔵は荒尾の出座《しゅつざ》を待った。

襖が開き、内与力の大田郡兵衛《おおたぐんべえ》と年番方与力の佐野作左衛門《さのさくざえもん》が現れた。

町奉行所与力は、奉行所という組織に所属している者であり、町奉行個人の家来ではない。将軍家直参《じきさん》の幕臣であり、御目見得《おめみえ》以下の二百石取りの御家人だ。

内与力はそうした与力とは違い、町奉行個人の家来であった。その存在は、町奉行と町奉行所の組織を繋ぐのが役目と云える。そして年番方与力とは、最古参の与力が勤め、町奉行所全般の取り締まり、金銭管理や各組同心諸役の重要事項を処理する役目であった。

久蔵は軽く手を突き、僅かに頭を下げた。

大田と佐野は、黙って上座に腰を降ろした。

町奉行の荒尾但馬守は、どうやら現れないらしい。

こいつは小言の一つもあるようだ……。

久蔵は、己の最近の所業を思い返した。だが、心当たりはなかった。

さあて、鬼がでるか蛇がでるか……。

久蔵は大田と佐野を見据え、不敵な微笑を浮かべた。

大田と佐野は、脅えたように顔を見合わせた。

久蔵と町奉行の荒尾但馬守は、決して上手くいっている訳ではない。そこには、組織や慣習を無視する久蔵と、後生大事に抱えて生きている大田と佐野の軋轢《あつれき》が潜んでいた。

「御用は……」

久蔵が微笑みかけた。

「あ、秋山、その方、神田鍛冶町二丁目の扇屋『蓬萊堂《ほうらいどう》』の嫁、絹《きぬ》を存じておるな」

佐野が脅えたように問い質《ただ》した。

『蓬萊堂』のお絹……。

三日前、湯島天神傍の料亭で逢った。

「はい……」

「最近、何処かで逢ったか……」

「三日ほど前、梅乃家と申す湯島の料亭で逢いました」

「……確《し》かと相違ないな」

大田が佐野と目配せをし、緊張した面持ちで厳しく問い質した。

一体、何があるのだ……。

久蔵に疑問が湧いた。

「はい。お絹が何か……」

「その方を訴え出た」

「私を……」

お絹が久蔵を訴え出た。

「左様、絹と舅《しゅうと》である蓬萊堂の主・孫右衛門《まごえもん》がな……」

「何の咎で訴えたのでございますか」

「蓬萊堂の絹は、三日前、その方に湯島の料亭梅乃家に呼び出され、手込めにされた挙句、店の金を持ち出せと脅された。そう訴え出たのだ」

お絹を手込めにした挙句、金を脅し取ろうとした……。

久蔵は意外な展開に思いを巡らせた。

「秋山久蔵、蓬萊堂・絹の訴え、確かと相違ないか」

狙いは何だ……。

「さあて、どうかな……」

久蔵は挑発した。

「おのれ、不遜な……」

佐野が怒りを露わにした。

「控えい、秋山久蔵」

大田が怒声をあげた。

「お奉行荒尾但馬守さまの御沙汰である」

久蔵は頭を下げた。

「秋山久蔵、その方の日頃の言動、不愉快至極。因《よ》って絹の訴えの詮議が終わるまで、出仕に及ばず、屋敷にて謹慎を命じる」

大田と佐野が、頭を下げている久蔵に嘲笑の一瞥を投げ、足音を鳴らして出て行った。

謹慎……。

久蔵は二人が出て行ったのを見届け、不敵に笑った。


久蔵謹慎……。

話は、一瞬にして南町奉行所に広まった。

「秋山さまが謹慎だなんて、本当なんですか稲垣《いながき》さん」

定町廻り同心神崎和馬は、筆頭同心の稲垣源十郎《げんじゆうろう》に問い質した。

「ああ、年番与力の佐野さまがそう仰ったんだ。間違いあるめえ」

「理由は何ですか、理由は……」

「神田鍛冶町の扇屋の若後家を手込めにして金を脅し取ろうとしたそうだ」

「若後家を手込めにして金を……」

和馬は絶句した。

扇屋『蓬萊堂』のお絹は、一年ほど前に夫だった若旦那を病で亡くした若後家だった。

お絹は夫が死んだ後も『蓬萊堂』に残り、舅である蓬萊堂孫右衛門と四歳になる一人息子の新吉《しんきち》を育てていた。

久蔵はそのお絹を料亭に連れ込み、手込めにして金を脅し取ろうとした……。

お絹と義父の蓬萊堂孫右衛門が、伝手《つて》を頼りに評定所に訴え出たのだ。

評定所とは、和田倉御門外辰ノ口にある江戸幕府最高の裁判所であり、国の大事件や寺社、勘定、町の各奉行所に絡むものを審理する機関である。

町奉行所は民政一般を司り、町方庶民の訴訟を裁決する。つまり、町奉行所は旗本・御家人や諸大名・仕官をしている武士などを裁く事は出来なく、久蔵は評定所に訴えられたのだ。

「それで稲垣さん、秋山さまは訴えを認めたのですか」

「認めたかどうかは知らねえが、大人しく謹慎したんだ。身に覚えがあるんだろう」

稲垣は嘲笑を浮かべた。

「しかしですね……」

「和馬、日頃から何かとお偉方に盾をついている秋山さまだ。ここぞとばかりに叩かれてもしかたがないさ」

「ですが大沢さん」

「墓穴を掘ったんだよ。墓穴を……」

定町廻り同心の大沢欽之助が、冷めた眼差しで茶を飲んだ。

同心たちには、久蔵のやりかたに不満を抱いている者が多かった。稲垣や大沢もその一人と云っていい。

「大沢さん、そいつは……」

和馬の苛立ちが、噴き出しそうになった。

「和馬……」

臨時廻り同心の蛭子市兵衛が、機先を制するように和馬を呼んだ。

「は、はい……」

「そんなに気になるのなら、秋山さまに聞くしかあるまい」

「秋山さまに……」

「ああ……」

南町奉行所を出た市兵衛は、和馬を連れて外堀沿いの道を北に向かった。

比丘尼《びくに》橋を渡って右に曲がり、竹川岸を抜けて弾正橋に出た。弾正橋を渡ると本八丁堀一丁目だ。そして、最初の木戸を曲がると、久蔵たち与力や同心たちの暮らす八丁堀御組屋敷街になる。久蔵は、その一角にある屋敷で謹慎しているのだ。

市兵衛は弾正橋を渡らず、橋の袂にある蕎麦屋に入った。

「蛭子さん、蕎麦なんか食っている場合じゃあないでしょう」

和馬は苛立った。だが、市兵衛は和馬の苛立ちを無視し、蕎麦屋に入った。

「もう、何考えているんだか……」

和馬は悪態をつきながら続いた。

蕎麦屋の奥に小さな座敷があり、柳橋の弥平次がいた。

「待たせたな……」

「いいえ……」

市兵衛が弥平次の前に座った。

「親分……」

「これは和馬の旦那……」

弥平次は微かな笑みを浮かべ、頭を下げた。

和馬は、市兵衛と弥平次が待ち合わせをしていたのに気がついた。

「それで親分、秋山さまに詳しい事を聞けたのかい」

「いいえ……」

「駄目か」

「はい。徒目付《かちめつけ》の方々が……」

「屋敷を見張っているか……」

「ええ、表も裏も……」

蛭子市兵衛と弥平次は、既に動き始めていたのだ。和馬は、狼狽していただけの自分を密かに恥じた。

「秋山さまに逢うのは、無理か……」

「いいえ、まったく無理と云う訳でもございませんが……」

「親分、良い手があるのか」

「はい……」

「どんな手だ」

和馬は意気込み、身を乗り出した。

「よし、親分、秋山さまは任せた。和馬、俺たちは扇屋だ」

「蓬萊堂ですか……」

「ああ、主の孫右衛門と若後家のお絹に逢うのさ……」

半刻後、市兵衛と和馬は、弥平次と打ち合わせを終えて蕎麦屋を出た。


する事がないなら寝ているしかない……。

久蔵は脇息《きょうそく》を枕にして横になり、庭を眺めていた。湿り気を含んだ風が、庭から重く吹き抜けた。

塀の外には、目付配下の徒目付たちが警戒に当たっている。

御苦労なこった……。

久蔵が苦笑した時、香織がお茶を持ってやってきた。

「義兄上さま、お茶をお持ち致しました」

これで何回目になるのか……。

香織と与平お福の夫婦は、久蔵が謹慎を命じられた理由を聞いて仰天した。以来、香織は、その理由が本当かどうか確かめようとしていた。

「やあ、すまねえな……」

久蔵は苦笑を隠し、身を横たえたまま礼を云った。

「いいえ……」

香織は座ったまま言葉を濁した。

「ふん。香織、俺は蓬萊堂のお絹を手込めにしちゃあいねえし、金を脅し取ろうともしちゃあいねえよ」

「義兄上、まことにございますか」

「ああ。もっとも俺を信じるかどうかだがな……」

「信じます。私も与平もお福も義兄上を信じています」

「だったら余計な心配はしねえで、のんびりしているんだぜ」

「はい。ですが……」

香織は眉を顰めた。

「ですが、なんだい」

「はい。蓬萊堂の主と絹と申す嫁は、何故そのような嘘をついたのでございますか」

「分からねえのはそいつだが……ま、俺もいろいろ好きにやってきたから、叩き潰してやろうと企んでいる奴も多いさ」

「まあ……」

「それより香織、皆で一杯やろうぜ」

「そんな、暢気《のんき》な……」

「なあに、深刻な顔をしていても始まらねえ。与平やお福の四人で賑やかにやろうぜ」

大人しく謹慎していても、埒《らち》はあかない。

こっちが動けば、向うも動く……。

久蔵は暗闇に石を投げる思いだった。


神田鍛冶町にある扇屋『蓬莱堂』は、確かな顧客が大勢ついており、かなり繁盛していた。

市兵衛と和馬は、主の孫右衛門の案内で奥に通された。奥は、孫右衛門たち主一家の居住区であり、店の賑わいは届いてなかった。

「孫右衛門、俺たちが来た訳は、聞くまでもあるまいな」

市兵衛が眠たげな目を向けた。

「は、はい……」

俯いている孫右衛門の額から汗が落ちた。

「……話して貰おう」

「はい。手前どもの死んだ倅の嫁、絹と申しますが、その絹が湯島の梅乃家と申す料亭で秋山さまに……」

孫右衛門は言葉に詰まった。

「秋山さまがどうしたんだい……」

「は、はい。絹を手込めに……」

脅えた声だった。

「証拠、あるのだろうな」

和馬が厳しく問い質した。

「し、証拠……」

「ああ。秋山さまが、お絹を手込めにした確かな証拠だ」

「そ、それは……」

孫右衛門の声が微かに震えた。

嘘をついている……。

市兵衛と和馬は確信した。

「孫右衛門、言うまでもないが、嘘偽りを申すと身の為にならないぞ」

和馬の怒声が響いた。

女の影が、中庭を挟んだ座敷の障子に映って消えた。

「和馬……」

市兵衛が和馬を窘めた。和馬は不服そうに口を噤《つぐ》んだ。静けさが訪れ、孫右衛門の乱れた息だけが、微かに響いていた。

「……孫右衛門、新吉は何処にいるんだい」

市兵衛が何気ない様子で尋ねた。

「えっ……」

孫右衛門が激しく狼狽した。

「お前さんの孫、お絹の倅の新吉だよ」

「は、はい……」

「子供の声が聞こえないが、いないのかい」

「はい。只今、親類の家に行っておりまして、はい……」

孫右衛門の狼狽は、一段と激しくなった。

「ほう、親類ねえ……」

「左様にございます」

「何処の親類だい」

「そ、それは……」

孫右衛門は市兵衛から眼を逸らし、頭を深々と下げた。額から汗が滴《したた》り落ちた。

「そうかい……ところで孫右衛門、お絹はどうしたい」

「お、お絹は身体の具合を崩し、臥せっておりまして、どうか御容赦下さい。お願い致します」

孫右衛門は頭を畳に擦りつけた。


市兵衛と和馬は、孫右衛門に見送られて『蓬莱堂』を出た。『蓬莱堂』前の往来では、飴売りが子供たちに賑やかに囲まれていた。

市兵衛と和馬は日本橋に向かって歩き出し、半丁ほど進んだところで路地に入った。

二人は路地から密かに『蓬莱堂』を窺った。

孫右衛門は既に店に戻り、客が出入りしていた。そして、子供たちに囲まれていた飴売りが、素早く路地に入り込んで来た。弥平次の手先を務める飴売りの直助だった。

「どうだ」

「へい。浪人が二人、向かい側の飯屋の二階から蓬萊堂を見張っています」

「浪人が……」

「へい。間違いありませんぜ」

「どう云う事ですか、蛭子さん」

「まだはっきりした事は分からぬが、蓬萊堂の孫右衛門とお絹が、秋山さまを訴えた裏には何か企みがある」

「企みですか……」

「ああ。秋山さまを陥れる企みがな」

「蛭子さん……」

和馬は驚き、眼を剝《む》いた。

「でしたら二人の浪人を捕まえて、締め上げてやりましょう」

「そいつはならぬ」

「何故ですか……」

「そいつが出来るぐらいなら、あの秋山さまが大人しく謹慎なんかしちゃあいないよ」

「って事は……」

「下手な真似をしちゃあ危ねえって事だ。直助、孫右衛門の孫、お絹の倅の新吉、どうなっているか調べてくれ」

「へい。承知しやした」

「蛭子さん、新吉は親類の家に行っていると、孫右衛門が……」

「和馬、親類は親類でも、見張っている浪人どもの親類かも知れないさ」

「まさか……」

「和馬、お前は浪人どもから眼を離すな」

「心得ました」

和馬は意気込み、飯屋の二階を睨みつけた。

「それにしても蛭子の旦那、秋山さまを陥れようなんて大それた奴、何処のどいつですかね」

「直助、人は味方の数だけ敵もいるってのが普通だが、秋山さまの場合、敵は味方の倍。いや、四倍ってところかな」

「そんなに……」

直助は素直に驚いた。

市兵衛の脳裏には、久蔵に捕まった様々な悪党とその縁の者の顔が浮かんだ。

そして、最後に年番与力の佐野作左衛門と内与力の大田郡兵衛の顔も浮かんだ。多過ぎる……。

市兵衛は思わず苦笑した。

呉服屋のお内儀が、畳紙《たとうがみ》に包んだ着物を持った手代を従えて秋山屋敷を訪れた。

徒目付組頭がとがめた。

「お役目、御苦労さまにございます。私は柳橋の呉服屋笹屋の内儀でおまきと申しまして、これは手代の幸吉にございます」

呉服屋の内儀は、弥平次の女房であり船宿『笹舟』の女将のおまきだった。そして、手代は、弥平次の下っ引の幸吉だった。

「呉服屋の内儀が何用だ」

「はい。秋山さま御注文のお着物をお届けに参りました」

「着物か……」

「へい。左様にございます」

徒目付組頭が、手代の持った畳紙に包んだ着物を覗き、顔色を変えた。

着物は水裃《みずがみしも》だった。

「水裃……」

水裃は、武士が切腹する時の正装だった。

「秋山殿が注文されたのか」

「はい。腹は新しい水裃で切ると、仰られての御注文にございます」

「よし、通るが良い」

「ありがとうございます。さ、幸吉……」

「へい。御無礼致します」

おまきと幸吉は、徒目付が開けた潜り戸を通って秋山屋敷に入った。

「御免下さいませ」

幸吉が式台から屋敷内に声をかけた。

だが、屋敷内から返事はなかった。

「妙だね……」

「へい。御免下さいませ。柳橋の幸吉にございます」

幸吉は再び屋敷内に声をかけた。母屋の横手から賑やかな笑い声があがった。

「幸吉……」

「へい。ありゃあ秋山さまのお部屋の方ですね」

幸吉は弥平次に連れられて、何度か屋敷を訪れていた。

賑やかな笑い声は、木戸の奥にある庭と座敷から聞こえてきていた。おまきと幸吉は、怪訝に庭を覗いた。

庭に面した座敷では、久蔵が香織や与平お福夫婦と楽しげに酒盛りをしていた。

「あら、ま……」

「秋山さまらしいや」

幸吉が苦笑した。

「あの、御免下さいませ……」

おまきが遠慮勝ちに声をかけた。

香織と与平お福夫婦が振り返った。

「あっ、笹舟の女将さん……」

「お久し振りにございます。お嬢さま」

「おう、来たかい。ま、一杯やってくんな」

久蔵は、おまきと幸吉を笑顔で迎えた。

二

弥平次は手紙の封を切った。

手紙は、久蔵がおまきに託したものだった。

幸吉は茶を啜り、弥平次が手紙を読み終えるのを待った。

おまきと幸吉は、あれから香織や与平お福夫婦と酒を飲んだ。その間に久蔵は、弥平次宛の手紙を認《したた》めた。

弥平次が手紙を読み終えた。

「親分……」

「幸吉、どうやら秋山さま、はめられたようだな」

「はめられた……」

「ああ……」

「じゃあ、蓬莱堂のお絹を手込めにして、金を脅し取ろうってのは……」

「思った通りの出鱈目《でたらめ》さ」

「一体、誰の仕業ですかい」

「秋山さまの睨みじゃあ、どうやら御目付の桑原嘉門《くわばらかもん》さまのようだ」

「御目付の桑原さま……」

「ああ、秋山さまが、湯島の料亭『梅乃家』でお絹と逢ったのは、御目付桑原さまの倅の事での相談だったそうだ」

若後家のお絹は、目付の桑原嘉門の倅・右京介《うきようのすけ》に妾になれと迫られていた。公儀目付の倅である桑原右京介は、取り巻き連中を従えて遊び歩いている評判の悪い男だった。

困り果てたお絹は、舅である孫右衛門に相談した。孫右衛門は、父親の代から『蓬萊堂』を贔屓《ひいき》にしてくれている秋山久蔵に頼るしかないと考えた。そして、湯島天神傍の料亭『梅乃家』に久蔵を招き、お絹とともに相談したのだ。

右京介の野郎を始末するしかあるめえ……。

お絹に同情した久蔵は、右京介の悪行を暴き、始末すると約束した。

『梅乃家』でお絹たちの相談を受けた三日後、久蔵は謹慎を命じられた。

お絹たちの行動は、右京介に見通されていた。つまり、お絹たちは見張られていたのだ。

右京介にとって久蔵は、邪魔者である以上に己の死命を制する敵となった。

お絹と孫右衛門は、おそらく右京介に脅されて久蔵を訴え出るしかなかった。脅しをかけたのは、右京介の悪行を公にされるのを恐れた父親の目付桑原嘉門なのかもしれない。

伜・右京介の悪行は、父親桑原嘉門の監督不行届きとなる。桑原家は家禄没収の上断絶、嘉門は切腹を免れない。

目付は、旗本を取り締まる役職である。その役目の桑原嘉門が、二百石取りの御家人で与力の久蔵を訴えさせるのに造作はない。

久蔵のお絹手込め事件は、こうして捏造《ねつぞう》されたのだ。

「……ま、ざっと思った通りだな……」

市兵衛は久蔵の手紙を読み終え、弥平次の酌を受けた。

『笹舟』に市兵衛が現れたのは、弥平次が手配りを終えた時だった。弥平次は市兵衛に事の次第を伝え、久蔵の手紙を渡した。

「……じゃあ、蓬莱堂を見張っている浪人どもは、桑原右京介の取り巻きってわけか……」

「ほう、そんな奴らがいるんですか」

「うん。和馬が張りついたがね」

「そうですか……」

　弥平次は、市兵衛に注がれた酒を飲んだ。

「それで蛭子の旦那、分からないのは、蓬莱堂が秋山さまを訴え出なきゃあならない程の脅し、一体何かです」

「親分、私も今、気がついたのだが、脅しのねた、お絹の一人息子、蓬莱堂の孫かも知れないよ」

「新吉って四歳になる子ですか……」

「ああ、その新吉が蓬莱堂にいなくてね。孫右衛門は、親類の家に行っていると云っていたが……」

「右京介たちに勾《かどわ》かされましたか……」

「ひょっとしたらね。ま、そうじゃあなかったら孫右衛門とお絹が、秋山さまを訴え出る筈はないいさ」

「ええ。じゃあ早速、新吉の行方を……」

「親分、申し訳ないが、そいつはもう直助に頼んだよ」

「左様ですか、では、直助の調べではっきりするでしょう。ま、お一つ」

弥平次は市兵衛の盃に酒を満たした。

市兵衛の睨み通り、お絹と孫右衛門は新吉を勾かされて久蔵を訴え出ていたのなら、新吉を助け出してお絹と孫右衛門の訴えを取り下げさせ、久蔵の無実を証明して謹慎を解くしかない。

桑原右京介を見張り、その行動を調べあげる……。

弥平次は幸吉に命じた。幸吉は、托鉢坊主の雲海坊、鋳掛屋の寅吉たち手先の手を借りて探索を始めた筈だ。

桑原右京介の居場所は、和馬の張りついた浪人たちから割れるかもしれない。

お絹の子の新吉の居場所は、飴売りの直助が突き止める可能性もある。

打てる手はうった……。

問題は、新吉を助け出すより先に、久蔵に切腹の沙汰が下った時だ。

「間に合いますかね……」

「親分、間に合わない時には、間に合うようにするまでだよ」

気負いも焦りもない淡々とした言葉だった。

「蛭子の旦那……」

市兵衛は目尻に微かな笑みを滲ませ、盃を空けた。

久蔵が切腹した時、市兵衛は同心の役目は無論、三十俵二人扶持の家禄を棄てて遺志を継ぐ覚悟なのだ。

弥平次は、風采のあがらない中年男の蛭子市兵衛の秘められた闘志を見た。


一ツ橋御門を出ると一番火除地と三番火除地がある。その間の道を北に進むと榊原式部大輔の江戸上屋敷がある。その屋敷の角を右に曲がると一ツ橋通り小川丁になり、裏神保小路に出る。

神保町の名は、この地に幕臣神保伯耆守《じんぼうほうきのかみ》長治の九百九十五坪に及ぶ屋敷があったところからつけられたものだ。

裏神保小路の辻に、旗本千五百石の目付桑原嘉門の屋敷があった。そして、辻には辻番所があり、昼は四人夜は六人の番人が詰めていた。

辻番所は、武家地に設置された自身番であり、公儀辻番、大名辻番、組合辻番の三種類があった。辻番は、辻斬り防止を目的に出来たものだが、江戸が発展するに伴ってその役目は様々な分野に広がっていた。裏神保小路の辻番所は、附近の武家屋敷で管理する組合辻番所だ。

その夜、間口二間、奥行き九尺、棟高一丈三尺、瓦葺《かわらぶき》の裏神保小路辻番所の傍には、夜鳴蕎麦屋の屋台が店を開いていた。

夜鳴蕎麦屋の主は、幸吉を通じて弥平次の指示を受けた長八だった。

長八の屋台には、附近の武家屋敷の中間小者たちが、入れ替わり立ち代わり出入りした。

大繁盛だ。

長八は忙しく蕎麦を作りながら、桑原嘉門と右京介父子の情報を抜け目なく集めた。

嘉門は右京介を溺愛《できあい》していた。右京介はそれを良いことに我儘《わがまま》に育った。そして今、右京介は父親が旗本を監察する目付なのを笠に着て、取り巻きの浪人たちと好き勝手な真似をしていた。

博奕に辻斬り、強請《ゆすり》にたかり、そして女を拉致して手込めにする……。

右京介の悪事の噂は限りがなかった。

そんな野郎が、武士の身分に護られてのうのうとしていやがる……。

蕎麦の湯切りをする長八の手が、怒ったように大きく振られた。湯の雫《しずく》が、飛び散って湯気をあげた。

右京介はここ数日、屋敷に戻っていなかった。長八は粘り強く探りを入れた。

だが、右京介が何処にいるのか、桑原屋敷の中間小者たちは知らなかった。

町木戸の閉まる亥の刻が近づき、客も途絶えてきた。

店仕舞の潮時だ。長八は、辻番所に詰めている六名の番人に蕎麦を振る舞い、屋台を片づけ始めた。


夜の隅田川には、往く夏を楽しんだ舟遊び客たちの熱気が漂っていた。

両国の船着場から出た猪牙舟は、『蓬萊堂』を見張っていた浪人の一人を乗せて隅田川を遡《さかのぼ》っていた。

伝八の操る猪牙舟が、浪人を装った和馬を乗せ、半町ほど遅れて続いていた。

「見逃さないでくれよ、父っつあん……」

「心配いらねえよ、和馬の旦那。あっちの舟行燈が見える限り、見逃しゃあしねえ」

柳橋の船宿『笹舟』の船頭である伝八は、主のおまきと弥平次が認める腕の持ち主だった。

『蓬萊堂』を見張る浪人の一人が、居酒屋の二階から店に降りて出て行った。店の隅で酒を呑んでいた浪人が続いた。和馬だった。

浪人は牢屋敷のある伝馬町を抜け、両国から猪牙舟に乗り、夜の隅田川を遡り始めた。

「おのれ、舟に乗るとは……」

船着場に他に舟はなかった。

浪人を乗せた猪牙舟は、隅田川の暗がりに去っていく。

手掛かりがつかめるかも知れぬのに……。

和馬は焦った。

「和馬の旦那じゃありませんかい」

川面から声がし、伝八が猪牙舟を操って暗がりから現れた。

「おお、父っつあん、あの猪牙を追ってくれ」

和馬は伝八の猪牙舟に飛び乗った。

「合点だ」

客を送った帰りの伝八は、和馬の乗った猪牙舟を素早く漕ぎ出した。

見逃してたまるか……。

和馬は、先を行く猪牙舟の灯りを睨みつけていた。

浪人の乗った猪牙舟は、浅草御蔵・御厩河岸《おんまやがし》・駒形堂を過ぎ、吾妻橋を潜った。

「何処まで行くんだ……」

吾妻橋を過ぎると左手は花川戸・今戸となり、右手は向島だ。

浪人の乗った猪牙舟は、ゆっくりと右手に舵を取っていく。

「向島か……」

「ええ、竹屋ノ渡か寺島村の渡し場……」

伝八は静かに猪牙舟を進め、浪人の乗った猪牙舟の行き先を見定めようとした。

浪人の乗った猪牙舟は、竹屋ノ渡に舳先《へさき》を向けた。

「和馬の旦那、竹屋だ……」

「うん……」

伝八は猪牙舟の速度をあげた。

難しいのはこれからだった。

竹屋ノ渡を降りた浪人が、何処に行くのか見定めぬ内に渡し場に着けるのか
……。

「どうしよう……」

浪人が猪牙舟を降りた。

「和馬の旦那、岸に着けますぜ」

「うん、頼む」

伝八は、猪牙舟を竹屋ノ渡の手前の岸に音もなく着けた。

「助かったよ、父っつぁん」

和馬は岸に飛び移り、竹屋ノ渡に猛然と走った。

竹屋ノ渡の前には、桜で名高い三囲《みめぐり》稲荷社や弘福寺、そして料理屋などがある。

和馬が竹屋ノ渡に駆けつけた時、浪人の姿が料理屋『平石』の角に消えた。

和馬は追って走り、『平石』の角を曲がった。

畑の中に続く道に浪人はいなかった。

和馬は踏鞴《たたら》を踏んで立ち止まった。

畑の中の道には、浪人どころか誰の人影もなかった。

慌てた和馬が、辺りに浪人を探した。だが、続く畑の中には、家の明かりが点在するだけだった。

見失った……。

緊張の糸が切れた。

和馬は両膝に手を突き、溜息を大きく洩らした。

「帰り道は遠いなぁ……」

思わずぼやきが出た。

「見失ったかね……」

のんびりした伝八の声がした。

「父っつあん……」

背後に伝八が現れた。

「……帰らなかったのか」

「ええ、旦那の走りっぷりを見たら、待っていた方がいいだろうと思いましてね」

「そうか、助かったよ……」

伝八にまで首尾を読まれていた……。

和馬は己の迂闊《うかつ》さを恥じ、悔やんだ。

「ま、この界隈の何処かの家に入ったのは確かです。今夜は帰って、明日出直すんですぜ」

「そうだな……」

和馬は力なく答え、伝八と一緒に猪牙舟に戻った。

三囲稲荷社の裏の雑木林には、米問屋の隠居の妾が暮らす寮があった。寮といっても、米問屋の奉公人たちが寝泊りするものではなく、主一家の別荘である。だが最近、持ち主が、米問屋から隠居の妾だったお駒に変わった。妾を商売にするお駒は、桑原右京介の仲間といえる莫連《ばくれん》者だった。つまり、寮の持ち主変更の裏には、桑原右京介たちの悪辣な恐喝があったのだ。

和馬の追った浪人島田徳三郎は、そのお駒の寮にいた。

「そうか、同心が一度来ただけか……」

桑原右京介が、酔いに染まった眼を島田に向けた。

「ああ、おそらく訴えを確かめに来たのだろうが、それっきりだ」

島田は茶碗の酒を美味そうに啜った。

「そうか……」

「流石は桑原嘉門さま、見事な先手を打ったものだ」

「ふん、秋山久蔵、高が町奉行所与力の分際で出過ぎた真似を……。身の程知らずを悔やむが良い……」

右京介の酔いに染まった眼には、酷薄な嘲りが浮かんでいた。

翌朝、『笹舟』の弥平次の元に、飴売りの直助と夜鳴蕎麦屋の長八が訪れた。

「そうかい、やはり新吉は親類の家にはいないか……」

「へい。江戸にある蓬莱堂の親類は五軒。その何処にも新吉はおりませんでした」

「親分、きっと桑原右京介の野郎が、何処かに閉じ込めているんですよ」

「よし、そいつは俺が確かめる。お前たちは、向島の三囲稲荷に行ってくれ」

「三囲稲荷ですかい」

「ああ。伝八の話じゃあ、昨夜遅く和馬の旦那が、蓬莱堂を見張っている浪人をその辺りで見失ったそうだ。もう幸吉が行っている。一緒に頼むよ」

浪人の行き先に桑原右京介がおり、勾かされた新吉もいるかもしれないのだ。

「承知しました」

「それから、こいつは商いを休んで貰う見返りだ。受け取ってくんな」

弥平次は、長火鉢の抽斗《ひきだし》から紙に包んだ一分銀を二つ出し、それぞれに渡した。

直助と長八は、礼を述べて受け取った。二人は正業で暮しを立てているが、弥平次の頼みで手先を務める。その時、弥平次は正業を休む補償をした。それが、他人の秘密を嗅ぎ廻る手先を、悪事に走らせない手立てでもあった。

「じゃあ親分……」

「おう、船着場に伝八がいる筈だ。猪牙を出して貰いな」

『蓬萊堂』は、扇を購《あがな》う客で賑わっていた。

大店の旦那夫婦と見える初老の男女が、楽しげに扇子を選んでいた。そして、客足が途絶えた時、旦那らしき初老の男が、孫右衛門を呼び、懐の十手をちらりと見せた。

『蓬萊堂』は、扇を購う客で賑わっていた。

孫右衛門が思わず身を引いた。

「あっしはお上の御用を承る柳橋の弥平次」

「や、柳橋の……」

「こっちは女房のおまきで……」

扇子を選んでいたおまきが、孫右衛門に微笑みかけた。

「笹舟の女将さん……」

孫右衛門は、弥平次とおまきの名前を知っていた。

「旦那、新吉、桑原右京介に勾かされたんですね」

「……お客さま、その事でしたら、奥で……」

孫右衛門は覚悟を決めた。

窶《やつ》れ果てたお絹が、弥平次とおまきに深々と頭を下げた。

おまきの顔に同情が溢れた。

「旦那、あっしの申しあげた事は……」

「親分の仰る通りにございます」

「お義父さま……」

お絹の満面に恐怖が溢れた。

「お絹、新吉を返して貰ったところで、お前は右京介さまの慰み者になり、蓬萊堂の身代は食い潰される。新吉が殺されたら、お前も私も死ねばいい。そして、あの世で新吉に詫びるんだよ」

お絹は言葉もなく泣き伏した。

「……旦那とお絹さんは、それで秋山久蔵さまを訴え出たのですね」

「はい。右京介さまの御命令で……。秋山さまの身に万が一の事があれば、私はどうしていいのか……。お詫びの言葉もございません」

項垂れた孫右衛門の眼から涙が滴り落ちた。

「私です。私が新吉を助けたい一心で、相談に乗って戴いていた秋山さまを……私が悪いのでございます」

お絹が悲痛に訴えた。

「冗談じゃありませんよ。悪いのは桑原右京介って馬鹿殿さまです。ねえ、お前さん」

おまきが怒りを露わにし、右京介を罵倒した。

「ああ。旦那、お絹さん、昨日お見えになった蛭子の旦那たちと、あっしの手の者たちが密かに探索を進め、新吉を探しています」

「親分……」

「それから、この蓬萊堂は見張られています。今暫く奴らの言いなりになっていて下さい。宜しいですね」

「はい……」

孫右衛門とお絹は、縋る眼差しで頭を下げた。今の二人に出来る事はそれしかなかった。

八丁堀の空に角凧が揚がった。

「義兄上……」

香織が庭から久蔵を呼んだ。慌てた声だった。久蔵は濡れ縁に出た。

「凧です。妙な凧が揚がっています」

久蔵は香織の指差す空を見上げた。

子供の顔を描いた角凧が揚がっていた。

「ありゃあ、市兵衛の凧だぜ……」

「蛭子さまの……」

「ああ……」

角凧は市兵衛の作ったものだった。警戒する徒目付に遮られて、久蔵に逢えない市兵衛の取った連絡方法なのだ。空を舞う角凧に描かれた子供の絵は、泣いている男の子の顔だった。

「……泣いている男の子か」

「はい。何の判じ物なのでしょうね」

泣いている男の子は新吉なのだ。

おそらく新吉は、右京介に勾かされた。そして、孫右衛門とお絹は脅され、俺を訴え出たのだ……。

久蔵は漸く事態の真相を知った。

「汚い真似をしやがる……」

怒りが湧いた。だが、新吉を無事に助け出すまでは、下手な動きは出来ない。

屋敷の監視をする徒目付たちが、たとえ桑原父子の悪事に加担していなくても支配下にあるのに違いはない。

久蔵が謹慎命令を破れば、すぐに目付の桑原嘉門に通報され、新吉は殺されてしまうだろう。

久蔵は待つしかなかった。

三

その日、辰ノ口評定所では三手掛りの評定が開かれた。

三手掛りとは、町奉行・目付・大目付の立ち合いである。評定所で開かれる裁判は、三手掛りを含めて七種類あった。

〝閣老直裁判〟は、老中が決裁するもので寺社奉行・町奉行・勘定奉行・大目付・目付が参加し、大名家に関わる事件を裁いた。

〝三奉行立合裁判〟は〝一座掛り〟とも云い、寺社奉行・町奉行・勘定奉行・目付が参加し、刑事・民事を裁いた。

〝五手掛り〟とは、寺社奉行・町奉行・勘定奉行・大目付・目付の五者で刑事事件を扱った。

〝四手掛り〟は、寺社奉行・町奉行・大目付・目付の立ち合いで刑事事件を扱う。

その他に、月に三度の日を決めて開かれる〝式日寄合裁判〟〝月並立合裁判〟があった。

久蔵の一件は、三手掛りでの吟味だった。

目付の桑原嘉門は、久蔵の家禄没収切腹を強硬に主張した。久蔵の上司である南町奉行の荒尾但馬守は、桑原に追従《ついしょう》した。北町奉行は格別な意見もなく、大勢に従う意向を示した。だが、大目付の榊原出雲守《さかきばらいずものかみ》が慎重な評定を求めた。

桑原は早急な裁きを求め、南町奉行荒尾但馬守に久蔵の横紙破り振りを披瀝《ひれき》させ、その罪を言い募った。

「家禄没収や切腹の裁きは、いつでも下せる。焦って禍根を残してはならぬ」

大目付の榊原出雲守は押し返した。

「しかし、榊原さま……」

「桑原、切腹の沙汰、急ぎ申し渡さなければならぬ者は、秋山久蔵の他にもいようぞ」

榊原は言外に右京介を匂わせた。

桑原は悔しげに言葉を呑み、榊原の慎重論に従うしかなかった。

お奉行は、目付桑原嘉門の言いなりになり、己の配下である与力秋山久蔵を庇わなかった。

南町奉行所内には、奉行荒尾但馬守の言動が瞬時に広まった。

冗談じゃあない……。

筆頭同心の稲垣源十郎は、荒尾但馬守に不満と不審を抱いた。

自分の配下を売り渡し、見殺しにするような上役は許せるものではない……。

分からないのは、南町奉行の荒尾但馬守が何故、目付の桑原嘉門に追従しているのかだ。家格・石高は荒尾家の方が上位にある。それなのに何故だ。

裏に何か潜んでいる……。

稲垣は定町廻り同心大沢欽之助を呼び、南町奉行の荒尾但馬守と目付桑原嘉門の関わりを探索するように命じた。

稲垣の行為は、久蔵を救う為ではなく、配下を見殺しにしようとする荒尾が気に入らないからに過ぎなかった。

向島竹屋ノ渡一帯では、和馬と下っ引の幸吉、手先の直助や長八が右京介たちの潜む家を探していた。

吾妻橋の北に広がる向島は、小梅村・寺島村・堀切村などの一帯を指した。隅田川沿いの堤は、江戸有数の桜の名所であり、広がる田畑の中に綾瀬川などが縦横に流れ、寺や神社が点在していた。

隅田川沿いには、寺や川魚料理屋、大身旗本の下屋敷などが連なり、大店の寮や別宅などがあった。

「どうだ……」

和馬と幸吉は、土埃に塗《まみ》れた顔を川の水で洗い、濡れ手拭で首筋や胸を拭った。

緑の田畑を吹き抜けてきた川風は、拭いた素肌に心地良かった。

「今のところ、浪人が屯《たむろ》しているような家はありませんね」

「そうか、竹屋ノ渡から料理屋の辻を曲がったらもういなかったんだ。それ程、遠くに行ったとは思えないのだがなぁ……」

「ですが、何しろ夜です。木陰、物陰に入られると見失いますよ」

「そりゃあそうだが……」

和馬は、浪人を見失った自分を密かに責め続けていた。

幸吉は和馬の悔しさが分かった。分かっただけに、下手《へた》に慰めはしなかった。

下手な慰めは、時として傷口に塩を塗り込むだけだ。

風が緑を揺らして吹き抜け、田畑に囲まれた小川の畔に長閑《のどか》な時が流れた。

「ここでしたかい……」

夜鳴蕎麦屋の長八が、弾んだ声をかけてきた。


その米問屋の寮は、竹屋ノ渡近くの三囲神社裏の雑木林にあった。

和馬と幸吉が長八に案内されてきた時、飴売りの直助が寮を見張っていた。

「こんな処に寮があったのか……」

寮に続く生垣沿いの小道は、木立に隠れて昼間でも目立たなかった。

「浅草の米問屋の寮ですが、最近は隠居が若い妾を住まわせているそうですよ」

雑木林に囲まれた寮は、揺れる木洩れ日と木の葉の音に包まれていた。

「で、不審なところがあるのか……」

「ええ、住んでいる隠居の妾、お駒って本所界隈で名高い莫連女だったんです」

「お駒……」

「本所のお駒なら、俺も聞いた事がある。確か大店の旦那や隠居の妾になった途端、食詰め浪人の兄弟がぞろぞろ出て来るって女だな」

幸吉が直助に問い質した。

「ええ、そして強請にたかり。きっとこの寮も、もうお駒たちのものでしょう」

「よし。俺と直助は、寮の中の様子を調べる。幸吉と長八は、どんな奴らが出入りしているか聞き込んでくれ」

和馬と直助は、寮の縁の下に潜り込み、人の声と物音を探した。

囲炉裏のある居間からは、数人の男達の話し声と茶碗の音が聞こえた。

一人、二人、三人……四人……。

四人の男が、居間で酒を飲んでいる。その中に、桑原右京介がいるかどうかは分からない。

和馬と直助は、縁の下を奥に這い進んだ。

男と女の荒い息と絡み合う物音が、頭上から洩れてきた。お駒が、男を咥《くわ》え込んでいるのだ。

和馬は、頭上の軋《きし》みに刀を突き刺してやりたい衝動に駆られた。

これで男は五人で女が一人、都合六人だ。

他にまだいるのか……。

和馬と直助は、泥と獣の糞や屍骸に塗れて縁の下を這い廻り、頭上に人の気配を探した。

「和馬の旦那……」

直助が先を行く和馬の裾を引き、怪訝に振り向いた和馬に頭上を示した。

和馬は頭上に耳を澄ました。

子供のしゃくり上げる泣き声が、微かに聞こえた。

「……子供だ」

勾かされた蓬莱堂孫右衛門の孫、お絹の一人息子の新吉に違いない。

和馬の顔が喜色に染まった。

直助は頷き、辺りを見回して子供の泣き声のする位置を確かめ、一番近い外に出た。そこは雑木林に囲まれた寮の裏手だった。

和馬と直助は、素早く縁の下を出て木立の陰に駆け込んだ。

「……場所から見て、どうやら納戸ですね」

「うん。桑原右京介を入れて男は五人。女はお駒だけのようだな」

「へい。こっちは四人。どうします」

「大騒ぎをして、奴らに気づかれちゃあ拙《まず》いし、一刻を争う時だ。四人でやるしかないだろう」

　和馬は覚悟を決めた。


　和馬と直助は、竹屋ノ渡で幸吉や長八と合流し、米問屋の寮に浪人たちが出入りしている事実を知った。

　伝八の猪牙舟が、市兵衛と弥平次を乗せて竹屋ノ渡に着いた。

　つきはこっちにある……。

　和馬は嬉々として二人を迎えた。

「そうか、子供の泣き声が聞こえたかい……」

「はい。新吉に間違いありません」

「良くやりましたね、和馬の旦那……」

「いや、泣き声に気がついたのは直助だ。流石に子供相手に飴売りをしているだけある」

和馬は妙な感心をした。

「さあて、どうします蛭子の旦那……」

「相手は女を入れて六人か……」

「こっちも六人です」

和馬が意気込んだ。

「親分、良けりゃあ、あっしもお手伝いしますぜ」

伝八が、煙草の脂《やに》に染まった歯を見せた。

「これで七人。蛭子さん、こっちが有利です。一気にお縄にしちまいましょう」

「和馬、右京介は浪人どもとは違い、悪党でも旗本の倅、私たち町方の支配違いだ。ここは新吉を助け出すのが一番だ」

「ですが……」

「和馬の旦那、早まって万一の事があっちゃなりません。あっしも蛭子の旦那の仰る通りだと思いますよ」

「分かった親分。蛭子さん、何か策はあるのですか」

「ま、策という程のものじゃあないが、和馬、直助、寮の見取図を、分かるだけでいいから描いてくれ」

和馬と直助が相談しながら、小枝を使って地面に寮の見取図を描いた。

四人の浪人が酒を飲んでいた居間と、お駒と男が情を交わしていた座敷は離れていた。そして、新吉が閉じ込められていると思われる納戸は、座敷に近い裏手にあった。

市兵衛は和馬と弥平次、そして幸吉たちの意見を聞きながら策を練った。


お駒は右京介に跨《また》がり、豊満な乳房を揺らしていた。

二人の悦楽の呻きが荒い息と一緒に洩れ、汗が滴り落ちた。

いきなり轟音が鳴り、寮が大きく揺れた。

驚いた右京介が、跳ね起きた。

裸のお駒が、悲鳴をあげてひっくり返った。

寮は轟音と共に揺れ続け、島田徳三郎たち浪人の怒声が上がった。

「お駒、がきを見張れ」

右京介は着物を纏い、刀を手にして居間に走った。

手拭や笠で顔を隠した四人の男たちが、寮の柱や壁を丸太で叩き、石や火のついた松明を投げ込んでいた。四人の男は、羽織を脱いだ和馬、幸吉、直助、長八だった。

島田たち四人の浪人は、いきなりの襲撃に戸惑いながらも何とか撃退しようとしていた。和馬と幸吉たちは石や松明を投げ込み、壁を叩いて騒ぎ立て続けた。

「何事だ」

着物を纏った右京介が、帯も締めずに駆け込んできた。

和馬たちは一段と騒ぎ立てた。

お駒は裸で横たわったまま、居間で騒ぐ男たちの怒声を聞いていた。火照った身体には、気怠《けだる》さと物足らなさが交錯していた。

細い光が、お駒の裸の身体の上を走りぬけた。

お駒は慌てて起き上がった。

雨戸が開けられ、三人の男たちが入って来た。市兵衛と弥平次、伝八だった。

「なんだい、お前さんたち」

お駒は金切り声をあげ、裸のまま弥平次の前に立ちはだかった。

「退きな」

弥平次がお駒を突き飛ばし、納戸に向かった。お駒が慌てて追いかけようとした。伝八がお駒を羽交い絞めにし、市兵衛が素早く当て落とした。裸のお駒が、伝八の腕の中で気絶して崩れ落ちそうになった。伝八は慌てて豊満な乳房を押さえ、嬉しげに黄色い歯を見せた。

廊下の突き当たりに板戸があった。弥平次が板戸を開けた。

雑多な道具類の中に新吉がいた。縛られ猿轡《さるぐつわ》を嚙まされた新吉が、泣き疲れた眼に脅えを浮かべていた。

「蓬萊堂の新吉かい」

弥平次が猿轡を解きながら尋ねた。

新吉が頷いた。

「おっ母ちゃんが待っているよ」

「親分、いたか……」

市兵衛が入ってきた。

「はい」

「よし……」

弥平次は新吉を抱き、市兵衛に続いて納戸を出た。

和馬、幸吉、直助、長八は、石や松明を投げ込み丸太を振り回した。右京介と島田たち浪人は、飛来する石と松明を躱し、和馬たちを捕まえようとした。

指笛が甲高く鳴り響いた。

「退け」

和馬が怒鳴った。直助と長八が身を翻した。幸吉と和馬が続いた。四人は雑木林に散って姿を消した。

「何者だあいつら……」

島田が呆然と見送った。

「がきだ」

右京介が叫び、慌てて寮の奥に走った。島田たちが続いた。

新吉を抱いた弥平次と市兵衛が乗ると同時に、伝八は猪牙舟を隅田川の流れに入れた。

「親分、何処に着けますか……」

「蛭子の旦那、じゃあ打ち合わせ通りに……」

「ああ、蓬莱堂の孫右衛門とお絹には、私が知らせるよ」

「蓬莱堂を見張っている浪人には、雲海坊が張りついています」

「分かった……」

「伝八、柳橋に着けてくれ」

「合点だ」

「さあ、新吉、もうすぐおっ母ちゃんに逢えるぞ」

弥平次は不安げな新吉を励ました。

伝八の操る猪牙舟は、隅田川を下って吾妻橋を潜った。やがて、行き交う様々な船の向こうに両国橋が見えてきた。


『蓬莱堂』は繁盛し、向かい側の飯屋の二階から浪人が見張っていた。

「間抜け面をしやがって……」

雲海坊が浪人を見上げながら呟いた。

「じゃあ段取り通りにな」

「へい。承知しました」

市兵衛は路地に雲海坊を残し、『蓬莱堂』に向かった。

飯屋の二階の浪人が緊張した。

お絹の顔に喜びが溢れた。

「そ、それで蛭子さま、新吉は無事なんでございますか」

孫右衛門が身を乗り出した。

「ああ、元気だよ。今頃、飯を食っているさ」

「あ、ありがとうございます……」

お絹が嗚咽を洩らした。

「それでな、孫右衛門。右京介がこのまま黙っている筈はない……」

「蛭子さま……」

「だから、私の云う通りにして貰うよ」

「はい……」

「蛭子さま、新吉には……」

お絹が市兵衛に縋る眼差しを向けた。

「心配いらない。すぐに逢えるよ」

市兵衛が微笑んだ。

四半刻後、市兵衛は孫右衛門とお絹に見送られ、『蓬萊堂』を後にした。

飯屋の二階の浪人は、店に戻る孫右衛門とお絹を見届け、安心したような笑みを浮かべた。

八丁堀の空に角凧が揚がった。

市兵衛手作りの凧だった。凧には、笑っている男の子の顔が描かれていた。

新吉は無事に助け出した……。

市兵衛の報せだった。

「待ちかねたぜ。香織……」

久蔵は香織を呼んだ。

「何でしょう、義兄上……」

「あれを見てみな……」

「あら、また凧。今度は笑っている男の子の顔ですね」

「ああ、出掛ける。仕度だ」

「出掛けるって、義兄上は謹慎……」

「蓬萊堂の新吉が無事なら、大人しくしている謂われはねえさ」

暮れ六つ。右京介は浪人の島田徳三郎を従えて、裏神保小路の桑原屋敷に戻った。

尾行してきた和馬と幸吉が、物陰から見送った。

右京介は新吉が救出されたと知り、己が窮地に陥ったのに気がついた。

新吉が無事に『蓬萊堂』に戻れば、孫右衛門とお絹に対する脅しはなくなる。

脅しがなくなれば、孫右衛門とお絹は久蔵への訴えを取り下げ、事実を公にするだろう。

拙い……。

事が公になれば、秋山久蔵は謹慎を解かれる。謹慎を解かれた久蔵は、その鉾先を己に向けてくるのに決まっていた。

右京介は父親の桑原嘉門に相談する為、裏神保小路の屋敷に急いだ。

消えた筈の和馬と幸吉が現れ、密かに追ってくるのに気づかずに急いだ。

「悪党父子め、どんな悪巧みでも叩き潰してくれる……」

和馬は楽しげに笑った。どうやら、前夜の失敗から立ち直ったようだ。幸吉は苦笑した。

右京介と島田は、頭を下げるしかなかった。

気まずい沈黙が、湿り気を孕《はら》んで座敷に澱んでいた。

「……最早、蓬萊堂孫右衛門とお絹の口を封じるしかあるまい」

桑原嘉門が漸く口を開いた。

「口を封じる……」

「うむ。今夜の内に二人を殺すよりあるまい」

「はっ……」

「島田、早々に手配りを致せ」

桑原嘉門の声が、澱みの中に冷酷に響いた。


同心部屋に明かりが灯された。

市兵衛は続いて灯した燭台を手にし、捕物出役の仕度部屋に向かった。

「御苦労だったな、市兵衛……」

久蔵が現れた。

「秋山さま……」

「おそらく奴らは新吉を奪い返され、今夜の内に最後の手段に出る」

「秋山さまもそう思いますか……」

「ああ、新吉は今、何処にいるんだい」

「弥平次の処です」

「笹舟か……で、孫右衛門とお絹は……」

「はい。二人を見張っている浪人がいるので、まだ蓬萊堂にいる事に……」

市兵衛の眼が、悪戯っぽく笑った。

「上出来だぜ……」

久蔵が苦笑した。

「謹慎、解けたとは聞いていませんが……」

筆頭同心の稲垣源十郎が、定町廻り同心の大沢欽之助と入って来た。

「稲垣……」

「それとも破りましたか……」

「がきの時から抜け出し馴れている屋敷よ」

「だろうと思いましたよ……」

「どうする、親玉に御注進するかい……」

「その親玉ですが、妙にお目付に弱いので探りをいれたところ、奥方さまとお姫さんの役者遊びを握られていましてね……」

南町奉行の荒尾但馬守は、旗本を監察する目付の桑原嘉門に奥方と娘の役者狂いの事実をつかまれ、我が身可愛さに言いなりになっていた。

「ふん。良くある話だぜ」

「ですが、そんな馬鹿な話で配下を見殺しにしようって根性、許せるもんじゃあない」

「……だが、相手は目付だぜ」

「たとえ相手が目付でも、南町奉行所を嘗めたらどうなるか、思い知らせてやるしかありませんな」

「よし。稲垣、捕物出役だ」

「ははっ、大沢、聞いての通りだ。さっさと皆を呼び集めろ」

大沢が返事をし、小者を呼びに行った。入れ替わるように和馬が駆け込んできた。

「奴らが動き出しました」

「よし。和馬、詳しく説明しろ……」

久蔵は脇息に腰を降ろした。

子《ね》の刻九つ。

右京介と島田は、浪人たちを従えて『蓬莱堂』の前に現れた。

「孫右衛門とお絹はいるな……」

「はい。昼間、同心を見送ってから店を出てはおりません」

飯屋の二階から見張っていた浪人が答えた。

「よし。孫右衛門とお絹は無論、奉公人も皆殺しにして金を奪い、盗賊の押し込みに見せかけるんだ。いいな」

「そいつは酷い話だな……」

暗がりから久蔵の声が響いた。

右京介と島田たち浪人が驚き、狼狽した。

南町奉行所と記された高張り提灯が、右京介たちを取り囲むように何本も掲げられ、往来の左右に捕物出役姿の同心と捕り方たちが現れた。

「桑原右京介、下手な策は命取りだぜ」

久蔵が鉄鞭を鳴らした。

「お、おのれ、秋山。俺は直参旗本だ。父親は目付だ。町方にとやかく言われる筋合いではない」

「煩せえ。何が旗本だ。手前らは強請たかりに勾かし、挙句の果てに極悪非道な押し込みを企てる只の盗賊、悪党だぜ……」

「黙れ、黙れ……」

右京介は狂ったように泣き叫んだ。

稲垣が進み出て、捕物出役用の二尺一寸の長十手を作法通り額に斜めに翳して告げた。

「桑原右京介と武州浪人島田徳三郎を始めとした者ども、その方たちの罪は明白。神妙にお縄を受けるがよい」

「最早これまでだ」

開き直った島田が、刀を抜いて振り廻した。他の浪人たちが続いた。

「俺たち町方は、生かして捕らえるのが役目。だが、手に余ればその限りに非ず。容赦はいらねえ、叩き斬れ」

久蔵の檄《げき》が飛んだ。

和馬が長十手を振り翳し、雄叫びをあげて突進した。市兵衛、稲垣、大沢が地を蹴って続いた。

怒号と土埃が、渦を巻いて舞い上がった。

稲垣たち同心は、数人掛かりで浪人を叩きのめし、幸吉や雲海坊が捕り方たちと縄を打っていった。

右京介が和馬に打ちのめされ、幸吉や捕り方に縄を打たれ、まるで子供のように泣き叫び、転げ廻った。

久蔵の鉄鞭が唸りをあげた。

額を割られた右京介は、流れる己の血を見て気を失った。

「みっともねえ野郎だぜ……」

久蔵は無様に気絶している右京介に嘲笑を浴びせた。

「引き立てろ」

稲垣の命令で和馬たち同心と捕り方が、右京介と島田たち浪人を引き立てた。

「終わりましたね。秋山さま……」

弥平次が嬉しげに囁いた。

「ああ。ところで親分、新吉はどうしている」

「はい。久し振りにお絹に抱かれ、ぐっすりと眠っておりましたよ」

「そうかい。きっといい夢、見ているんだろうな」

「そりゃあもう、大好きなじいちゃんの孫右衛門も一緒ですからね」

昼間、市兵衛を見送ったお絹と孫右衛門は、日が暮れると同時に裏口から『蓬萊堂』を抜け出し、新吉が保護されている柳橋の『笹舟』に急いだ。全ては、右京介たちを油断させる為の市兵衛と弥平次の企てだった。

「いろいろ面倒をかけたな」

「いいえ、礼なら蛭子の旦那に……」

「分かっているぜ」

市兵衛は大八車を持ってきて、怪我をした捕り方や小者たちを乗せていた。

「奉行所までの辛抱だ。行くよ」

市兵衛は、怪我をした捕り方たちを励まし、大八車を牽《ひ》き始めた。大八車は、牽き始めてすぐに軽くなった。

市兵衛は怪訝に振り返り、驚いた。

久蔵が大八車を押してくれていた。

「秋山さま……」

「さあ、腰を入れてしっかり牽くんだ、市兵衛」

久蔵は笑った。

公儀目付桑原嘉門が、事態を知って切腹したのは、それから一刻後だった。

一次文庫　２００４年12月　ＫＫベストセラーズ
ＤＴＰ制作　ジェイ エスキューブ

文春文庫

秋山《あきやま》久蔵《きゅうぞう》御用《ごよう》控《ひかえ》
帰《かえ》り花《ばな》

定価はカバーに表示してあります

2012年5月10日　第1刷
2012年11月10日　第2刷

著　者　藤《ふじ》井《い》邦《くに》夫《お》
発行者　羽鳥好之
発行所　株式会社　文藝春秋

東京都千代田区紀尾井町 3-23　〒102-8008
ＴＥＬ　03・3265・1211
文藝春秋ホームページ　http://www.bunshun.co.jp
落丁、乱丁本は、お手数ですが小社製作部宛お送り下さい。送料小社負担でお取替致します。

印刷・大日本印刷　製本・加藤製本
Printed in Japan
ISBN978-4-16-780508-1

神代新吾

藤井邦夫の本——書き下ろし時代小説

事件覚シリーズ

南蛮一品流捕縛術の使い手、養生所見廻りの若き同心が知らぬが半兵衛、手妻の浅吉、柳橋の弥平次らと共に事件に出会い、悩み成長していく姿を描く!

文春文庫
大好評
発売中!